T0285340

Jürg Federspiel

LA BALADA DE MARÍA TIFOIDEA

Vegueta Narrativa

Jürg Fortunat Federspiel nació en 1931 en el cantón de Zúrich, Suiza, aunque su infancia se desarrolló en Davos y Basilea. A partir de 1951, comenzó a trabajar como periodista y crítico de cine para varios periódicos suizos, por lo que realizó numerosos viajes por Alemania, Francia, Gran Bretaña, Irlanda y Estados Unidos, donde establecería su residencia durante un tiempo. Comparado por muchos con Blaise Cendrars, desde que en 1961 publicó su primer volumen de cuentos, *Orangen und Tode*, se le ha considerado una de las voces más importantes de las letras alemanas. De hecho, a partir de entonces recibió innumerables reconocimientos literarios, entre los que cabe destacar el Premio de la Fundación Suiza Schiller (en 1962 y en 1970), el Premio Georg Mackensen, el Premio Conrad Ferdinand Meyer, el Premio de Literatura de la Ciudad de Basilea y el Premio Honorífico de la Ciudad de Zúrich.

Su segunda novela, *La balada de Maria Tifoidea* (1982), se convirtió de inmediato en un éxito en su país y fue traducida a varios idiomas. En 2001, con motivo de su 70 cumpleaños, se publicó su último libro, una antología de poesía titulada *Mond ohne Zeiger*. Después de eso, enfermo de diabetes y Parkinson, no volvió a escribir nada más.

A principios de febrero de 2007, fue encontrado muerto —presuntamente un suicidio— en una presa cerca de la ciudad de Weil am Rhein en Baden-Württemberg, tras casi un mes desaparecido.

Vegueta Narrativa
Colección dirigida por Eva Moll de Alba

Título original: *Die Ballade von der Typhoid Mary* de Jürg Federspiel

Roger de Llúria, 82, principal 1ª
08009 Barcelona
www.veguetaediciones.com

Traducción y epílogo: José Aníbal Campos
Diseño de la colección: Sònia Estévez
Ilustración de la cubierta: Sònia Estévez
Fotografía de Jürg Federspiel: © Yvonne Böhler
Impresión y encuadernación: Índice Arts gràfiques

Primera edición: abril 2021
ISBN: 978-84-17137-70-0
Depósito Legal: B 2891-2021
IBIC: FA

Impreso en España

Jürg Federspiel

LA BALADA DE MARÍA TIFOIDEA

Traducción y epílogo de José Aníbal Campos

Vegueta Narrativa

Para Lea

Life is strange and world is bad.

THOMAS WOLFE

I

El 11 de enero de 1868, a primera hora de la mañana, emergió de la ventisca un barco de cuya presencia las autoridades portuarias de Nueva York no se percataron hasta que hubo traspasado la línea que marcaba la zona de seguridad. Pero no fue solo la mala visibilidad de un mar ennegrecido, no fueron solo la penumbra y la nieve... Hubo en aquel incidente algo que causó estupor: ni un grito de júbilo, como los que se escuchaban habitualmente desde cada buque de emigrantes llegado de Europa, había despertado a la somnolienta guardia costera. Un oficial, Remigius Farrell, lo describió así en su informe a las autoridades de Inmigración: «En el horizonte se recortaba la silueta de una nave. El velamen estaba hecho jirones, y un mástil, partido. Se hallaba todavía a unos diez metros de distancia cuando el viento arrastró hasta nosotros un olor a heces que se mezclaba con el hedor de los cadáveres. Casi todos los barcos de emigrantes apestan, eso ya se sabe, pero este despedía un olor insoportable».

El *Leibnitz,* que así se llamaba el velero convertido para entonces en un casco ruinoso, había sido magníficamente construido en Boston y, en su origen, estuvo destinado al comercio con China. Más tarde fue adquirido por la Sloman's Hamburg Line, una naviera que hasta entonces había operado sin tacha. Había zarpado de Hamburgo el 2 de noviembre de 1867 bajo el mando del capitán H. F. Bornholm, pero unos vientos desfavorables le obligaron a pasar varios días atracado ante las costas de Cuxhaven. Por ese motivo, el capitán había decidido llegar a Nueva York tomando la ruta del sur, varios paralelos más abajo (atravesando Madeira), lo que provocó que los pasajeros tuvieran que soportar unas temperaturas que casi alcanzaron los 35 grados. Muchos eran naturales de Mecklemburgo y pretendían establecerse en Wisconsin como granjeros; otros procedían de Prusia, y unos pocos del sur de Alemania y de Suiza.

La travesía tuvo que ser infernal. A fin de acoger a bordo a los 544 pasajeros como si de una carga se tratase, habían retirado todo aquello que restara espacio. Si quisiéramos imaginar en este siglo nuestro, el XX, un caso de superpoblación y sus secuelas, el *Leibnitz* de entonces podría servirnos de ejemplo. Fuera quedaban el cielo y la prodigiosa brisa marina, mientras que en las entrecubiertas centenares de individuos, tumbados sobre jergones malolientes, apenas podían llevarse una cuchara a la boca sin propinar un codazo a su vecino. El barco carecía de ventilación, no había abertura alguna que hiciera las veces de ventana, y los ojos de buey habían sido sellados con soldadura. Pero lo realmente atroz se encontraba en el sollado, en la más baja de las cubiertas. El aire allí estaba tan enrarecido que apagaba la llama de los faroles. Los pasajeros confinados en aquel lugar se hallaban en un estado de total apatía. No se desencadenaban ya peleas por la comida. Se contentaban con chupar ciertos objetos. De cuando en cuando, alguien de las cubiertas superiores, esa antesala del infierno, bajaba para alimentar, en medio de la oscuridad, un par de bocas quejumbrosas.

Había excrementos humanos por todas partes, y en el informe de las autoridades portuarias neoyorquinas se lee lo siguiente: «Ni un palmo de superficie que no estuviera embadurnado de excrementos o de vómitos».

El nauseabundo aire del sollado se colaba cada vez más en la cubierta intermedia, a ratos se escuchaban chillidos de ratas y de hombres, por lo que los pasajeros de las cubiertas superiores ya no se atrevieron a bajar. Cuando la gente empezó a morir, la tripulación solo se ocupó de los cadáveres en el momento en que los gusanos se convirtieron en un fastidio para los sobrevivientes. No había clérigos a bordo, por supuesto (los clérigos casi nunca emigran), de modo que los cuerpos se arrojaban por la borda sin demasiados rituales. Después de casi setenta días de navegación, no transcurría un solo día sin muertos.

De todo esto daba fe, el 22 de enero de 1868, la *Office of Commissioner of Emigration of the State of New York*. Once días después de que, al amanecer, emergiera aquel buque fantasma, había fallecido un total de 108 de los 544 emigrantes. A los primeros funcionarios y médicos que subieron a bordo del *Leibnitz* no los recibió la tripulación ni el capitán, sino decenas de niños llorosos y exhaustos que, al preguntarles por sus padres, se limitaban a señalar con el dedo por encima de la borda: «¡Ahí, ahí!».

Quisiera indicar en este punto que solo un miembro de la tripulación perdió la vida: el cocinero. También había allí una niña que, sin lágrimas ni mohines de duelo, se presentó como la hija del difunto.

La pequeña, con una edad estimada entre trece o catorce años —si bien ella aseguró tener doce—, dijo, cuando le preguntaron su nombre, que se llamaba María.

—¿María qué? ¿Cuál es tu apellido?

La niña negó con la cabeza y se limitó a repetir: «María». Apartaron a María a un lado, como a una reliquia, y allí permaneció inmóvil, junto a los funcionarios, cuando se inició el traslado de los pasajeros, algunos ya agonizantes.

Caía una nieve lastimosa, casi lastimera, y para cuando el último hombre hubo abandonado la nave, aquel blancor caído del cielo se extendía sobre la cubierta del *Leibnitz* como un sudario de una cuarta de espesor.

II

Mi nombre es Howard J. Rageet. Tengo cincuenta y ocho años y soy pediatra. Resido, y hasta hace poco tuve allí mi consulta, en la parte alta del Westside neoyorquino, en la Riverside Drive, una zona antigua, pero todavía digna (al menos en lo que atañe a su arquitectura, a la comodidad y a cierta sensación de seguridad). Cuando salgo para asistir a un concierto o ver una película, el portero uniformado me llama a un taxi, el mismo con el que más tarde regreso a casa. Mi esposa falleció hace dos años de leucemia. Mis dos hijos adultos viven en Boston: Lea está soltera y estudia medicina, y Randolph es pediatra, como yo. Conozco bien ese aire engreído de aquellos de mis colegas que se tienen por una especie de aristócratas cuando pertenecen a una familia que ha legado al mundo tres generaciones de médicos. Pues bien, en mi familia, oriunda del cantón de los Grisones, en Suiza, son cinco las generaciones que han pronunciado el juramento de Hipócrates; un juramento que yo solo haría con los ojos cerrados y el dedo corazón cruzado sobre el índice. Pero olvidemos eso. Mi bisabuelo emigró en la primera mitad del pasado siglo. Era un simple empleado de correos que, tras cursar sus estudios de bachillerato en letras clásicas con el párroco de Rhäzuns, estudió Medicina en Stuttgart. Salió del país soltero, acompañado de un grupo de jóvenes compatriotas, pero luego, ya en América, contrajo matrimonio con una compatriota.

Aquella tuvo que ser una época muy dura. Bastaba un verano con nieve para traer el hambre a las aldeas, pobres de por sí, de manera que a los jóvenes, aparte de hacer el servicio militar en el extranjero, trabajar en la hostelería o en la confitería de algún país europeo, no les quedaba más alternativa que cruzar el océano. Pero parece que, en este caso, fueron las ansias de viajar y de vivir aventuras las que llevaron a América al joven doctor, al que también llamaban el «curandero del pueblo».

Sirva esto de introducción a una balada que nos habla de la vida y la muerte de una preciosa criatura llamada Mary Mallon, también conocida como María Tifoidea. Johann Wolfgang von Goethe, del que no demasiados sabían por estos pagos, atribuía a la balada muchas posibilidades formales, por eso me he permitido denominar así esta narración biográfica. Describo en ella una vida que se inició tristemente ya en la infancia, que fue poco a poco hundiéndose cada vez más hasta llegar a su callado y nada poético final.

El 11 de noviembre del año 1938, con una prisa casi histérica, el cadáver de Mary Mallon fue trasladado al cementerio de St. Raymond, en el distrito neoyorquino del Bronx, donde lo enterraron. No se le practicó autopsia alguna. Baso mi trabajo en el artículo de un médico, George A. Soper, titulado «The Curious Career of Typhoid Mary» (*The Diplomate*, diciembre de 1939). Resulta curioso que Soper publicara su informe definitivo un año después de la muerte de Mary. En cualquier caso, fue George A. Soper el que despertó el interés de mi abuelo por el destino memorable de esta mujer. Poseo una agenda en la que mi abuelo, a espaldas de su amigo y colega, anotó sus propias pesquisas sobre este asunto, y tengo razones para suponer que la amistad entre ellos acabó rompiéndose por esa causa. Los dos eran todavía jóvenes, demasiado jóvenes, cuando se inició su rivalidad por aquella criatura del sexo opuesto, aunque no fue la feminidad de Mary (que era bastante mayor que ellos) la que tanto los fascinó, sino única y exclusivamente su historial médico. Para Soper era una cuestión profesional; para mi abuelo, una afición. Y, por cierto, George A. Soper publicó su primer artículo sobre Mary Mallon ya en 1907. Solo meras conjeturas.

Por mi parte, me he apropiado del escaso material que he podido encontrar y me he inventado el resto. También el hecho de que Mary Mallon, alias Maria Carduff, fuera originaria de la patria de mis ancestros, me ha incitado a escribir esta «balada». Otro motivo es el ocio que me ha impuesto una pérfida enfermedad, en una especie de dicha en la desgracia.

III

Muchos años antes de que se iniciara la emigración masiva de europeos —sobre todo de irlandeses, alemanes e ingleses—, y antes también de que Ellis Island se convirtiera en una estación de acogida para inmigrantes, el desprecio tributado en la nueva patria a la mayoría de los recién llegados era tan intenso como el que estos habían conocido en su patria anterior. En un estado miserable, cargados con sus míseros hatillos, desconocedores del idioma y de —por así decir— la incultura reinante en el país al que arribaban, eran recibidos por malvados funcionarios y cínicos médicos, con frecuencia charlatanes, cuyo grado de corrupción se hubiese visto sin duda satisfecho si aquellos andrajosos forasteros, física y mentalmente debilitados por varias semanas de navegación, hubiesen portado consigo algo con lo que sobornarles. Sus objetos valiosos se reducían a unos pocos anillos, pasadores y herramientas, recuerdos de sus lugares de origen, y el escaso dinero que llevaban estaba reservado para iniciar una vida en el nuevo país.

Lo primero que veían los inmigrantes nada más llegar era el interior de un edificio concebido como un gran teatro de ópera en el que se habían presentado encarnizados combates de luchadores, de boxeadores a puño limpio, y también peleas de perros, espectáculos con tragafuegos y cantantes desgañitados, gente a la que en Viena o Berlín habrían mandado a paseo sin mayor miramiento. Castle Garden, como se llamaba el lugar, fue teatro por poco tiempo. Tuvo sus momentos de apogeo a principios de la década de 1850, cuando la famosa soprano de coloratura sueca Jenny Lind honró el establecimiento con su primera actuación. Pero también aquello llegó a su fin, y Castle Garden acabó transformándose en el mencionado cuchitril, dotado de seis mil plazas para espectadores sentados y capacidad para otros cuatro mil de pie. El escenario donde habría debido de producirse un gran despliegue de cultura resultó ser, al final, más aburrido que la gran sala donde los espectadores se robaban mutuamente, donde vendedores de vacas y caballos se estafaban unos a otros, mientras los truhanes jugaban a los dados y abrían los bolsos de un navajazo. Allí los proxenetas presumían de la mano de rameras menores de edad, los borrachos decapitaban sus botellas de whisky golpeándolas contra el respaldo de una butaca y unos pocos exhibicionistas abrían el telón de sus abrigos girándose hacia el escenario. Al final, aquel antro de cultura fue clausurado, y las autoridades neoyorquinas decidieron en 1855 reformar el edificio y convertirlo en un centro de acogida de inmigrantes. La reforma, por supuesto, no fue demasiado dispendiosa: arrancaron los viejos trastos del decorado, malvendieron la araña de cristal y eliminaron a martillazos el estuco del techo. Los servicios, otrora elegantes, se transformaron en duchas (ningún inmigrante podía pisar esa pulcra tierra sin haberse duchado primero), y un horno a vapor servía para desinfectar las prendas de ropa que luego se devolvían a sus propietarios. Solo tras esos trámites empezaba el molesto interrogatorio: «¿De dónde? ¿Adónde? ¿Cómo? ¿Por qué? ¿Cuánto?».

La pequeña María permanecía de pie en la cubierta del *Leibnitz*, con los labios amoratados por el frío y los dedos apretados en un puño. Uno de los funcionarios dio orden de fumigar el buque ese mismo día y, a continuación, preguntó a los presentes cuál de ellos llevaría a la niña hasta Castle Garden. Escuchó de paso, sin apenas prestar atención, que otra persona decía que aquel lugar era demasiado horrible para una pequeña huérfana. Y en ese instante ella echó a correr por la cubierta, resbaló sobre la madera helada y cayó de bruces, pero se incorporó enseguida y se abalanzó sobre la borda. Los dos médicos corrieron tras ella y la agarraron, pero la niña empezó a lanzar patadas y puñetazos, pegó mordiscos y arañazos, hasta que un puntapié alcanzó a uno de los hombres en pleno rostro. Finalmente consiguieron dominarla y la inmovilizaron en el suelo.

Los funcionarios del puerto ni se inmutaron, contemplaron la escena con expresión aburrida.

—Escuche, doctor —dijo uno de los funcionarios con un tono de sensible inhumanidad—. Tal vez hubiera sido lo mejor para ella...

Yo, como cronista, debo admitir que lo mejor habría sido que María hubiese muerto aquel mismo día. Pero el destino acudió en su ayuda, perdonándole la vida precisamente gracias a un médico, cuyo deber es salvar vidas, pero quien, con su acto, contribuyó a propagar la muerte no ya centenares, sino miles de veces. Como era habitual en este tipo de situaciones, los dos funcionarios abandonaron el barco. Lo ocurrido era, para ellos, mera rutina.

IV

El mayor de los dos médicos que se habían ocupado de María se llamaba Dorfheimer, Gerald Dorfheimer. El doctor Dorfheimer dijo que él se encargaría de la pequeña y animó a su colega a que siguiera a los funcionarios, cosa que el otro hizo de muy buena gana, ya que de ese modo lograba evadirse de toda aquella oscuridad, de tanta miseria, muerte y frío.

Pocos minutos después apareció una embarcación de la guardia costera con un puñado de hombres que subieron a bordo refunfuñando, y Dorfheimer rogó a los marineros que se habían quedado en el bote que lo llevaran a él y a la niña hasta la orilla. Los marineros remaron de nuevo de regreso, pero no prestaron mayor atención ni al médico ni a la pequeña.

Dorfheimer tomó a María de la mano y la condujo sin inmutarse a través de pasillos y controles, como si se tratase de su propia hija. De Castle Garden les llegaba ahora, atenuado, el ruido reinante en su interior. Valga decir, de paso, que todavía hoy existen funcionarios en Ellis Island que afirman oír allí, por las noches, los gritos de padres e hijos en el momento en que los separan. Hace poco el *New York Post* publicó otra noticia sobre ese asunto. ¿Parapsicología? No lo sé. En todo caso, el doctor Dorfheimer, que ignoraba qué extraña y selecta criatura había tomado bajo su protección, no vaciló en arriesgar entonces su licencia y su profesión, si bien, como veremos, el suyo no fue un acto del todo desinteresado.

En ocasiones imagino una nave espacial, que, moviéndose a la velocidad de la luz, es capaz de convertir en realidad la teoría de Einstein y traernos de vuelta el pasado —en una especie de adelantamiento—, y pienso en los niños que me llevaría conmigo a otras galaxias. Oliver Twist sería uno de ellos, o Holden Caufield, Jackie Coogan (el «chico» de Chaplin), Huckleberry Finn y el Principito. También el niño Arthur Rimbaud, el niño Van Gogh, el niño Amedeo Modigliani, el niño Abraham Lincoln, el niño Aníbal, el niño Wolfgang Amadeus Mozart, el niño Rainer Maria Rilke, el niño Francisco de Goya, la niña Janis Joplin, el niño Nathan Cohan (de Auschwitz), el niño Oscar Wilde, y hasta quizá también el niño Adolf Hitler, que tal vez no se la emprendería a puñetazos con el niño Mao... Con ello le habría ahorrado al mundo muchas cosas, tanto en lo que llamamos bueno como en aquello que definimos como malo. Pero lo cierto es que con esa nave espacial —llamémosla una nave infantil— el mundo que dejaría detrás sería más pobre.

Pero, en fin (para volver al planeta Tierra), bien que podemos imaginar a Maria en el momento de su llegada: una muchachita campesina algo rústica, demacrada a causa de todas las miserias y privaciones vividas, con un tosco vestidito y una gorra calada hasta las cejas.

En el barco, la pequeña había adoptado un modo de andar bastante cómico, parecido al de los marineros. Pero sus ojos fríos y sus dedos agarrotados hacían pensar en un felino al acecho.

V

Era ya mediodía cuando Dorfheimer encontró un carruaje en una calle lateral, cerca del Battery, y hasta él llevó a Mary de la mano, como a una niña pequeña, cruzando en medio de ruidosos vendedores ambulantes, marinos, comerciantes y críos andrajosos, con los tobillos hundidos en el lodazal creado por la nieve caída durante la noche, semejante, por su color, a unas gachas de cebada. En el puerto se cerraban negocios, casi todos bribonadas, se entiende. Padres de familia que por fin habían logrado salir con su parentela de aquel grotesco teatro y ahora buscaban alojamiento, a los que ciertos joviales taberneros embriagaban para despojarlos de su dinero; otros que se dejaban involucrar en la compra de unas tierras que nadie jamás había visto, con excepción de los indios.

La estafa, mantenida a raya durante algunos años debido a la Guerra Civil, había vuelto a expandirse como la peste. El viento marino arrastraba a tierra fétidas nubes sulfurosas llegadas de los buques recién atracados, que intentaban limpiar y desinfectar en la parte baja de la ciudad. La guerra que había devastado el sur transformaba entonces los puertos neoyorquinos en una sierra de mercancías tras la cual se alzaba un bosque de mástiles que pocos años después serían sustituidos por las chimeneas de los buques de vapor.

María estaba sentada junto a Dorfheimer con el rostro petrificado. En sus sueños posteriores, vería aflorar de nuevo a esa gente de la calle: caras de cabra, caras de oveja, caras de perro, de rana, de víbora, de cerdo.... ¡Qué poco imaginativos se vuelven nuestros ojos en cuanto dejamos detrás la infancia...!

Nueva York es la ciudad más antigua del mundo.

En el East Side (en la zona donde hoy se halla la calle 26), Dorfheimer dijo al cochero que parara y depositó en su mano unas monedas. María se había quedado dormida. Con susurros y unas leves caricias sobre los párpados, intentó despertarla. El cochero, impaciente, lo observó por encima del hombro, chasqueó la lengua y se contuvo para no soltar una palabrota. Dorfheimer rodeó el cuello de María con la corva del brazo derecho, esforzándose por acomodarle debidamente la cabeza. No era un hombre demasiado fuerte, y casi sintió alivio cuando su ama de llaves, una matrona de sesenta años, salió al portal con ambos brazos apoyados en las caderas y restos de harina y de masa en los antebrazos desnudos. La mujer no dio muestra alguna de querer ayudar al médico.

—¡Vicky!

El ama de llaves, titubeante, acabó obedeciendo, y, quitándole a la niña de los brazos como si fuese una muñeca, examinó su cara casi con aversión y la metió en la casa.

Dorfheimer le indicó que la llevara de inmediato a la cama, no sin antes alzar los ojos, cohibido, cuando la mujer quiso saber la edad de la niña. Él no lo sabía con exactitud: tal vez trece años, o un poco mayor.

Al médico le costaba respirar. Se detuvo un instante bajo la puerta, entró luego al estrecho corredor, donde colgó el sombrero y el abrigo bajo el retrato del presidente, enmarcado en oro, se paró de nuevo ante la puerta del comedor y, con gesto vacilante, se dio la vuelta, como si esperase un permiso de su ama de llaves para entrar en la habitación.

—Su almuerzo está listo, doctor —le dijo Vicky desde la galería.

—¿Y la niña? —preguntó él, a media voz.

La mujer no respondió. Dorfheimer podía oír sus esfuerzos por arrastrar a la pequeña hasta el cuarto de baño, y también los gruñidos de María, todavía soñolienta. Eso lo irritó.

—¡Vicky! —gritó, pero ella no pareció escucharlo.

Vacilante, ensimismado, el doctor Dorfheimer se sentó a la mesa. Con la punta del cuchillo, se untó un poco de mantequilla en una tostada requemada y apartó a un lado el plato con la comida ya fría desde hacía un buen rato.

Luego se levantó, fue subiendo despacito, peldaño a peldaño, la escalera decorada con pequeños grabados en marcos dorados que mostraban distintas ciudades alemanas, y contempló cada uno con expresión de asombro y reverencia. Estaba cansado.

Abrió el cajón de la mesita de noche y sacó un libro que hacía poco había ganado bastante fama, primero en Inglaterra y más tarde en Estados Unidos. Lo que más fascinaba a Dorfheimer era que el texto fuera obra de un profesor de matemáticas. Su título: *Alicia en el país de las maravillas.*

VI

Fue así como María llegó al Nuevo Mundo. Aquel mismo día, hubo un momento en que, despertada por sus propios gritos, pues había dejado de oír el sonido rumoroso del mar, los chasquidos y gimoteos de mástiles y crucetas, María se incorporó de repente y recobró la conciencia por un instante. Entonces, miró llena de asombro a su alrededor y volvió a dormirse de inmediato. Vicky pasó horas junto a su cama; de vez en cuando le acercaba a los labios un vaso de té de menta y le iba metiendo en la boca entreabierta trocitos de galleta que la niña masticaba sin llegar a despertar.

Al atardecer, cuando Dorfheimer se levantó y se vistió presuroso, dispuesto a partir hacia su guardia nocturna, el ama de llaves bajó las escaleras y lo ayudó a ponerse el abrigo.

—Parece que quiere usted decirme algo, Vicky —observó Dorfheimer—. ¿De qué se trata?

—¿Cómo logró desembarcar esa niña? ¿De quién es?

—De eso hablaremos en otro momento —contestó el médico, encaminándose hacia la puerta.

Un viento helado y seco soplaba cuando Dorfheimer descendió por la Quinta Avenida. Normalmente, tomaba un camino situado más al este. Aquellas calles de edificios de cuatro y cinco plantas aún no estaban atravesadas por una enmarañada red de cables de teléfono y telégrafo.

¿Y cómo era el mundo por aquellos días, qué cosas acontecían?

Luis I, rey de Baviera, había dicho adiós a la vida. En Cuba, el pueblo se había levantado en armas contra los españoles. Allí, en Estados Unidos, les habían otorgado a los negros el derecho al voto, por más que en el sur, durante mucho tiempo, esto no fuera más que una farsa. Richard Wagner había concluido *Los maestros cantores de Núremberg*, y Brahms, su obra coral *Un réquiem alemán*. En el bien y malaventurado mundo de las religiones, se produjo la unión de los estrictos luteranos en la Conferencia General Evangélica Luterana, mientras que en el Vaticano se preparaba el Vigésimo Concilio Ecuménico.

Es ya casi medianoche cuando escribo estas líneas. A medida que avanza la enfermedad, constato, no sin gratitud, el modo en que escribir se revela cada vez más como un remedio contra el dolor. Digo esto solo de pasada. No tengo intención de entrar en detalles sobre mi historial médico.

Del exterior me llegan los alaridos aciagos de las sirenas, tan pesadas por la manera insistente con que proclaman su humanidad: la policía, los bomberos, las ambulancias, esas únicas procesiones americanas, como dijo Oscar Wilde, que se dejó caer por aquí unos años después que Mary.

Los ruidos de aquellas noches eran diferentes. Por entonces los bomberos se anunciaban todavía con campanas, aunque lo hacían con bastante frecuencia; en lugar de las sirenas se oían los estridentes silbatos de los policías. Si alguien pasaba a tu lado corriendo, jadeante y casi sin aliento, no era una persona haciendo *jogging*, como hoy, sino un infractor de la ley ayudando a la policía, que lo perseguía, a mantenerse en forma.

Infractor de la ley... Por un instante, Dorfheimer se estremeció. ¡No, él no era ningún infractor! Quien, durante años, día tras día y noche tras noche, ha visto y experimentado la inhumana burocracia de Castle Garden ha de entender que alguien, de vez en cuando, decida dedicarse a serrar las rejas del sistema. Hacía poco, gracias a unos informes adulterados en relación con ciertas revisiones médicas, había logrado salvar a dos matrimonios, uno alemán, el otro polaco, y también a sus hijos, a los que habían querido separar de sus padres a causa de una enfermedad. En un par de ocasiones, había evitado que internaran temporalmente a dos niñas pequeñas en un orfanato, mientras sus padres eran puestos en cuarentena. Se las había llevado a casa. Y aunque no era costumbre que un médico actuara de esa manera, tampoco nadie hubiera podido afirmar que se tratase de algo contrario a las buenas costumbres.

En cualquier caso, el doctor Dorfheimer había procurado siempre que su peculiar amabilidad para con las niñas pequeñas pudiese entenderse desde fuera como un manto de humanitarismo generalizado. Por lo visto, Vicky tenía cierta tendencia a interpretarlo mal. Pero él ahuyentaba esos pensamientos.

VII

Las dos maletas de cuero que Dorfheimer encontró en el corredor cuando regresó a su casa esa medianoche, una vez terminada su guardia nocturna, lo llenaron de pánico. Encima de una de ellas había una nota: «Alguien vendrá a recogerlas. Fdo. V. L.».

Las habitaciones del entresuelo y de la primera planta estaban iluminadas, y Vicky le había dejado una carta en la percha para el abrigo y el sombrero. El médico reconoció de inmediato su espigada letra irregular: «Estimado doctor Dorfheimer: aunque usted está todavía soltero, sabe bien que no soy ninguna entrometida. Pero provengo de una familia honrada, y ya no aguanto más ser testigo de sus aficiones. Mi cuñado pasará en los próximos días a recoger las maletas. Le dejo aquí el dinero para los gastos domésticos: 22 dólares. Por lo que a mí respecta, no tengo ninguna otra exigencia en cuanto al salario. Muy atentamente, Vicky L.». Añadía una postdata: «La niña aún estaba profundamente dormida y no quise despertarla. A pesar de todo, le deseo lo mejor».

A Dorfheimer le temblaban las manos. Leyó la carta cuatro o cinco veces y la rompió. Sobre mesa del comedor había una tetera, dos huevos cocidos pelados, un sándwich de pastrami, mostaza, pimienta y sal. De pie, tomó un bocado que masticó de mala gana. A continuación, subió las escaleras, posando el pie con sumo cuidado sobre la alfombra de color rojo para evitar así los crujidos de los peldaños de madera. Se detuvo delante de la habitación de María, pegó el oído a la puerta y escuchó. Pudo oír la respiración regular de la pequeña.

Vicky había dejado entornada la puerta de su cuarto. Antes de entrar, también se paró un instante a escuchar. Estaba todo tan ordenado que parecía que allí no hubiera vivido nadie nunca. Se había llevado a Cindy, el periquito, y precisamente la ausencia del animal provocó en el médico una ridícula sensación de soledad. Un pajarraco estúpido que solía preguntar, con un chillido: «How are you today?», para luego él mismo responderse: «Thank you, Sir. I'm fine».

Fuera el viento arrastraba la nieve en empinadas rachas horizontales. La habitación de Dorfheimer era una estancia espartana, la única de la casa en la que no había ni un solo cuadro. Como de costumbre, Vicky había descorrido las pesadas y asfixiantes cortinas de terciopelo y dejado al descubierto, en perfecta geometría, un ángulo de las sábanas. Sobre la repisa descansaba una menorá sin velas y la imagen de un daguerrotipo en blanco y negro: un retrato de su madre cuando era niña. Junto a su lecho, al alcance del brazo, había otra cama que había comprado once años atrás, cuando amuebló la casa. Había estado prometido durante un breve espacio de tiempo.

A su izquierda, en la mesita de noche, brillaba la tenue llama de una lámpara de queroseno. El ama de llaves le había dejado un vaso de agua y, al lado, como era habitual, una botella de whisky y un vasito más pequeño. Dorfheimer se desvistió, se echó una bata sobre los hombros y se sentó al borde de la cama. Llenó el vasito, lo apuró de un trago y volvió a llenarlo por segunda, tercera y cuarta vez. Bebía sin placer, con las comisuras de los labios contraídas en una mueca, como si estuviese tomándose un medicamento. Contempló sus pies desnudos. Eran unos pies muy cuidados, blancos, a excepción de unas leves manchitas rojizas en la piel y los leves surcos azules de las venas. Le parecían unos pies altaneros. No elegantes —no existen pies elegantes—, sino eso: altaneros, unos pies mimados. Se sirvió otro vasito de whisky, lo lleno hasta el borde y se lo bebió de un tirón.

No se dio cuenta de que había pasado una hora, ni tampoco se enteró cuando ya habían pasado dos. Se tumbó entonces de lado y, con el codo apoyado en la almohada, intentó imaginar la figura de María.

Gráciles extremidades, pero robustas, el largo cuello Botticelli, las manos delicadas, magulladas, enrojecidas y rugosas por el trabajo; los ojos claros y grises de aspecto sombrío bajo el ceño fruncido; su andar todavía torpe, los desmañados gestos de los brazos; unos cabellos muy rubios cayéndole sobre la frente, y un talle que, como recordaba, ya apuntaba la forma de sus caderas. Y de pronto esos pensamientos lo asustaron tanto como si él mismo acabara de ponerse al descubierto.

VIII

Cuando bajó a la mañana siguiente, vio a María de pie detrás de una de las altas sillas del comedor. Inmóvil, tenía las manos apoyadas en el borde superior del respaldo, como si así se lo hubiesen ordenado. Llevaba puesta una de las viejas batas de Dorfheimer. Se había peinado con esmero.

«¡Hola, María!», quiso decirle en tono alegre y natural, pero la voz se le entrecortó y, tras carraspear, solo alcanzó a musitar:

—¡Hola!

—¡Hola! —respondió la niña.

Mientras él permanecía de pie, indeciso, ella se dirigió a la cocina con paso algo desmañado, debido a la bata demasiado larga, y regresó al poco tiempo con unos huevos revueltos y unas tostadas calentadas en la hornilla.

—Vicky te ha dado algunas instrucciones, ¿verdad? —le preguntó el médico, pero enseguida sacudió la cabeza, irritado por su torpeza, ya que, aparte de aquel breve forcejeo en la bañera, lo más probable es que María no se hubiera percatado de la existencia de la mujer.

La niña guardó silencio y regresó a su lugar detrás de la silla, con las manos apoyadas sobre el respaldo. Sus ojos claros miraban a un punto situado sobre la cabeza del médico.

—Vicky era el ama de llaves —dijo, casi en tono de disculpa, y empezó a untarse con mantequilla las rebanadas de pan—. ¿No prefieres sentarte? Y, sobre todo, ¿no vas a comer nada?

María negó con la cabeza y siguió de pie.

—Debes de ser oriunda del sur de Alemania o de Suiza, ¿no?

La niña lo miró fijamente, como si no entendiera ni una palabra.

—De Suiza —repitió Dorfheimer—, de los Grisones, pero viviste en Alemania con dos de tus hermanos; es decir, que trabajaste allí de temporera.

Ella mantuvo la vista clavada en la pared situada detrás del médico.

—Estuve viendo el registro del barco —prosiguió él mientras removía sin apetito los huevos revueltos—. Entiendes el inglés, eso lo sé; pero Sean Mallon, el cocinero, no era tu padre.

María guardaba silencio.

—Supongo que tus padres y tus hermanos murieron en altamar, a causa de la epidemia. Cólera o tifus.

No hubo respuesta alguna.

—Puedes quedarte a vivir aquí, conmi..., puedes vivir en esta casa. Te buscaré una escuela que te guste. ¿Sabes leer y escribir?

La pequeña torció la boca y se mordió el labio inferior, pero tampoco contestó. Dorfheimer estaba convencido de que podía tomar aquello como una respuesta afirmativa.

—Pronto encontraré a alguien que reemplace a Vicky, una persona maternal que te resulte simpática, ¿sí? Pero dime, María: ¿qué edad tienes?

En aquel momento en los labios de la niña asomó algo parecido a una sonrisa. Era inteligente, eso se notaba. Se le había escapado ese esbozo de sonrisa, se daba cuenta de que Dorfheimer también había podido consultar ese dato en el registro del barco. Pero seguía sin moverse del sitio.

—Los orfanatos de esta ciudad son horrorosos. En esta casa tendrás todo lo que necesites. En la habitación de Vicky hay un catálogo de Sears & Roebuck. Marca con una cruz cuanto desees y haremos que nos lo envíen. O, si prefieres, tú y yo iremos mañana de compras. ¿De acuerdo?

La niña no se inmutó.

¿Acaso sonreía? No, en absoluto. La suya era más bien una risa maliciosa. Dorfheimer estaba consternado. Según la idea que tenía sobre las niñas de esa edad, estas no mostraban una sonrisa tan llena de malicia.

—Bueno, ¿qué te apetece? —preguntó e intentó disimular su decepción, su ira oculta, así que decidió sumarse al silencio de la pequeña y se metió en la boca un trozo de tostada.

De repente, en ese instante, María dijo una frase, solo una. No en alemán, sino en inglés:

—*I can cook.*

Dorfheimer soltó un suspiro de alivio.

—Bien —le dijo, continuando en alemán—. Ahora debo darme prisa. Allí hay unos dólares que ha dejado Vicky. Compra lo que te haga falta de ropa o para cocinar —dijo, riendo—. Al lado del dinero encontrarás también la llave de la casa. Anda con cuidado y no te pierdas. Vivimos en una ciudad llena de maldad.

Entonces Dorfheimer se le acercó y la besó en la frente. Una frente que le pareció tan fría como sus ojos, que se alzaron rápidamente hacia él. A continuación, el médico salió al corredor, se puso el abrigo y abandonó la casa.

—¡Peste a bordo! ¡Peste a bordo! ¡La peste de Europa! ¡La peste de Europa!

Los vendedores de periódicos se desgañitaban hasta casi expulsar sus pulmones, guarnecidos por sus flacos y perrunos costillares.

IX

Unas pocas palabras sobre la época de la que hablamos: no hay ciudad en el mundo con una riqueza tan fulgurante como la de Nueva York, en la que la pobreza ofenda tanto ni de un modo tan molesto o desafiante. Un rico necesita aquí envolver su alma en esa piel curtida y resistente que le inculcaron y con la que lo acicalaron la infancia y el cristianismo. De ese modo ha ido formándose una estructura afectiva que ni siquiera significa indiferencia, sino una afirmación de lo invariable. La riqueza es un dolor de muelas anestesiado. Una situación penosa, pero sin pena.

Y yo —sentado ahora cómodamente en mi sillón, frente al escritorio— hojeo libros para orientarme sobre cómo era la pobreza hace cien años o más. Más romántica, quizás, a nuestros ojos, más estrafalaria y exótica.

En el libro que tengo delante, ilustrado con grabados de la época, veo el dibujo de un trapero. ¿Con qué fin recolectaba trapos? No creo que para su reciclaje en la industria textil. No. Los revendía más baratos a gente más pobre. Diez céntimos costaba un catre en el dormitorio masivo de una barraca que, por su espacio, no estaba en condiciones de albergar una «masa», de modo que allí descansaban todos pegados los unos a los otros. El frío y la nieve se colaban a través de las grietas, y solo quien dormía junto a la diminuta estufa se libraba de congelarse. No es que el dueño de la barraca se fuera a hacer rico, pero era, en cualquier caso, un modo de hacer negocio con la pobreza. Las bocas del alcantarillado despedían un vapor neblinoso: residuos de la riqueza, provenientes de la calefacción a vapor de edificios bien caldeados. Acuclillados en un círculo, juntos a ellos se calentaban, en las noches de invierno, los niños sin hogar, y en las ilustraciones pueden verse algunos caballeros bien alimentados, arrebujados en sus abrigos de piel, pasando junto a esas criaturas mientras fuman un puro con deleite.

Es curioso que, en Estados Unidos, pobres y ricos hayan creído siempre en una injusticia inmanente, obra de Dios.

A los niños italianos, comprados o secuestrados en su país, les enseñaban a cantar y a tocar el violín a base de azotes; algo que hacía gente para la que el nombre de Stradivarius, en el mejor de los casos, solo se refería a una variedad de vino.

Suele decirse que la miseria de los países meridionales estorba menos al ojo refinado del observador que la del norte, con sus inviernos helados. Sin embargo aquí, en Nueva York, los veranos también eran espantosos. Mientras los piojos y las chinches se instalaban cómodamente en los dormitorios comunes, aprestándose para la temporada siguiente, la gente más pobre se consumía sobre el pavimento, intentado casi siempre sin éxito procurarse una bocanada de aire proveniente del mar. ¿Sería que el mar, horrorizado, contenía el aliento? Y cada mañana se iniciaba con el griterío, los gañidos y las groserías de los negociantes; o con el traqueteo de carretas por las calles; y pobre de quien no tuviera la suficiente presencia de ánimo ni dominio de sus piernas: de un momento a otro podía convertirse en su esclavo.

Por esos barrios pasaba Dorfheimer camino de su lugar de trabajo, siempre con su aire de hombre adinerado, seguro de sí, compasivo. Sin embargo, sus pensamientos estaban solo puestos en María. María: un modo de secuestro de seres humanos conforme con la humanidad. Él no era ateo. Solo dudaba de su fe en Dios.

Mi hija Lea acaba de llamarme por teléfono.

—¿Qué tal estás, doctor?

—Bien —le contesté.

A continuación se produjo una pausa embarazosa. Creí que se había cortado la llamada, pero solo fue un instante de confusión. Me preguntó entonces qué tal avanzaba mi manuscrito. «Bien», respondí, y ella rio. Preguntarle a un médico por su salud es como mentar la soga en casa del ahorcado.

X

Cuando Dorfheimer regresó a casa, esta vez al atardecer, un delicioso aroma invadía la vivienda. Un olor, en efecto, delicioso, porque incluso algo preparado a base de cebada, beicon y judías verdes puede oler deliciosamente. El médico no pudo contenerse. Más que con tono exclamativo, dijo con un bramido de entusiasmo:

—¡Vaya!

No había nadie en la cocina, así que se dirigió al comedor, donde la mesa estaba puesta como si, contra toda expectativa, Vicky hubiera regresado. Había, incluso, tres velas encendidas. Pero tampoco había rastro de la niña por allí.

—¡María!

No hubo respuesta. Indeciso, se detuvo un momento. Con gesto mecánico, colgó el abrigo en la percha y volvió a llamar, esta vez con voz más baja y en tono interrogativo:

—¿María?

¿Acaso era cierto y Vicky había regresado? ¿Se habría arrepentido? Desde la planta de arriba oyó una tos fingida.

—¿María?

Subió lentamente las escaleras. La luz se filtraba a través de la puerta entreabierta de su dormitorio. El médico se detuvo.

La pequeña estaba sentada en el borde de su cama. Llevaba puesto un vulgar vestido de señora de una talla demasiado grande y tenía los pies metidos en una humeante jofaina de cobre. Olía a grasa de cabra o de oveja. Ella lo observó. Ni una sonrisa. Solo aquella risita sarcástica que tanto lo asustaba. Y sí, de pronto, como una enfermera que acaba de ser reprendida, Dorfheimer se dirigió al cuarto de baño, trajo unas toallas, le secó primero las pantorrillas, luego los pies y, en una especie de soliloquio, empezó a hacerse reproches por el hecho de que precisamente él, un médico, no hubiera pensado antes en los peligros que corría la salud de la pequeña después de aquella horrible travesía, del frío y las privaciones. Simplemente, parloteaba.

María le pasó la mano por la cabeza, y cuando él alzó sus ojos hacia ella, vio de nuevo su sonrisa maliciosa. Entonces Dorfheimer le besó las rodillas, la suave piel encima de las rótulas, la parte interior de los muslos, y deslizó luego la mano lentamente, temblando de deseo, hacia las redondeces situadas más arriba. En aquel instante, la pequeña lo agarró por el mentón, acercó su cabeza y lo olisqueó. Se puso a olisquearlo del mismo modo que se enseña a oler a un niño sordomudo. Él, desconcertado, como si la nariz no fuera un órgano sensorial por sí misma, no quitaba ojo a la sonrisa maliciosa en la boca de María.

—*I can cook* —dijo ella, haciendo que él se levantara como si se sintiera profundamente ofendido.

Dorfheimer bajó corriendo las escaleras, retiró la olla de la cocina y, al hacerlo, se quemó los dedos. Cuando llevó la cena al comedor, comprobó con asombro que María también había puesto cubiertos para ella. Una sensación rara, ya que de antemano se había tenido por el único y solitario huésped, como siempre.

¿Se sentaba a la mesa o no?

—¡María! —gritó—. Está todo listo. —Hizo una pausa—. ¡María! —Presionando su muñeca izquierda con los tres dedos centrales de su diestra, Dorfheimer esperó concentrado que pasaran diez pulsaciones y subió de nuevo a la planta superior. Se detuvo. Tenía el rostro lívido y jadeaba.

La niña se había desnudado. El horrible vestido de un burdelesco color violeta yacía en el suelo, y la blanca almohada cubría su regazo como por azar.

Cuando se inclinó sobre ella e intentó besarla, en la cara de la niña se dibujó aquella expresión sarcástica. El médico se desvistió con torpeza, se acostó a su lado y le acarició su carita infantil. Para su sorpresa, también ella empezó a acariciarlo. ¿Pero no era una niña aún? No fue hasta que intentó penetrarla que la mueca maliciosa de María se transformó en una auténtica sonrisa. Como había ocurrido otras veces, el final fue también abrupto en esta ocasión. Su virilidad se vino abajo, y María sonrió de nuevo con sorna, exhibiendo ese gesto burlón en el que él creyó estar viendo la burla maliciosa de todas las mujeres de este mundo. No padeció por ello. Al contrario. Se tumbó de espaldas. Quiso entonces saber dónde y con quién había aprendido aquello. ¿Con el cocinero irlandés del barco, quizá?

Ella asintió en silencio. No debía de pasar de los trece años, una edad a la que otras niñas juegan todavía con muñecas. Y no tenía padres ni patria; en su rostro se vislumbraba, como en las fotos de los niños de la guerra, la pérdida de la infancia. De pronto, a Dorfheimer le avergonzó verse desnudo y estiró la mano para coger su ropa. María se cubrió con la sábana hasta el mentón y se quedó mirando fijamente al techo.

Pasado un rato, el médico notó, por la respiración de la muchacha, que esta se había sumido en un sueño infantil.

Él, en cambio, no fue capaz de dormir esa noche.

XI

Con independencia de su habitación y de la escalera que conducía hasta ella, a María la asustaba el aspecto sombrío de la casa, tal vez atribuible al gusto de la época. Todo le parecía elegante: la pomposa mescolanza de objetos pseudogriegos o isabelino-victorianos con piezas de netsuke japonés, porcelanas de Meissen, moda de las colonias inglesas en China, cachivaches del devocionario cristiano y afelpados muebles franceses, conjuntos Roger para la mesa redonda del salón, algunos espantajos guarnecidos en marcos dorados, siempre con la inolvidable mirada de inmortalidad del cretinismo establecido. Y luego, por todas partes, álbumes familiares de ribetes de oro y jarrones llenos de flores de cera.

Los días iban y venían. Y María los pasaba en la cocina, cuyas paredes estaban decoradas con platos con la misma obviedad que los libros decoraban el gabinete del dueño de la casa. Había allí ciertos utensilios cuyo sentido ella no supo desentrañar en un principio: cucharas demasiado grandes, instrumentos especializados propios de una cocina de la gran burguesía de entonces. Sin embargo, pronto comprendió su finalidad y su manejo. María pasaba muchas horas sumida en la lectura de los recetarios que antaño usara la madre de Dorfheimer; logró incluso, después de un tiempo, descifrar algunas recetas sin tener que acudir al diccionario. Leía incansablemente, y con la ayuda de las ilustraciones y de su innata imaginación aprendió a distinguir los equivalentes europeos y a memorizar recetas incluso antes de haberlas practicado. La cocina era su reino, pero un reino más bien privado. Pronto se supo también todas las calles de los alrededores y los nombres de los vecinos. Y tampoco tardó la niña María en ser conocida en el barrio por su nombre, aunque ella respondía a todo casi siempre con movimientos afirmativos o negativos. Fue dejando que la lengua inglesa fluyese y se expandiese en su interior, y únicamente cuando sabía que estaba sola en casa, repetía en voz alta las palabras recién aprendidas, intentando articularlas con esa voluntad infatigable de los niños por aprender. Adoraba la vida en las calles, mezclarse con la gente, esa muchedumbre ruidosa y desaforada que vomitaba, escupía y lanzaba improperios, esa gente formidable, insolente, malvada, oprimida, pérfida, ingenua, taimada, timada y desleal.

«¡Alfooombras...! ¡Alfooombras...! ¡Alfooombras...!», vociferaba el alfombrero. «¡Cristaaales...! ¡Cristaaales...!», gritaba el cristalero. «¡Leche fresca recién ordeñaaada! ¡Recién ordeñaaada!», anunciaba el lechero. «¡Arre, arre!». Todos allí se desgañitaban en alabanzas a productos comestibles de cualquier índole: recolectados, arrancados, cosechados, degollados o abatidos por un disparo, mientras sus competidores se lanzaban insultos en un sinfín de idiomas, intercalados de algún chapurreo en inglés. María examinaba la carne con ojo crítico, con aires de cocinera experimentada, o reparaba en las moscas que se paseaban por un hígado de ternera, hasta que el carnicero

—ofendido, por supuesto— comenzaba a gritarle. Las verduleras le daban consejos sobre recetas que María escuchaba como si fuesen poemas escritos en un idioma desconocido, y oía también, boquiabierta, las risotadas de las pescaderas, sus insultos y obscenos berridos —casi todos incomprensibles— mientras descamaban el pescado. Asimilaba, en cambio, todo lo relacionado con la cocina, y cuando no reconocía algún aroma, se quedaba parada en el sitio tanto tiempo que hasta los vendedores, picados por la curiosidad, le preguntaban si podían hacer algo por ella. Dorfheimer comía muy poco de lo que María le preparaba, aunque siempre elogiaba sus platos.

Una mañana, el médico no se levantó. Tenía fiebre y se revolvía en el lecho con los ojos lagrimosos. María le dio a beber una infusión de escaramujo, pero el líquido se le derramaba en hilillos por el mentón y el cuello. Sus ojos cobraron un aspecto rígido, la seguían con movimientos bruscos e inexpresivos. Olía a heces. La niña, como si lo hubiese aprendido en un hospital, fue a buscar una olla de agua caliente. Intentó retirar las sábanas empapadas por el sudor de la fiebre, pero, a pesar de su estado delicado, el paciente pesaba demasiado. Mantuvo cerradas las ventanas. Fuera, la nieve se apilaba como un talud en el cristal de la ventana.

A la hora de la cena, subió con un plato de sopa que dejó, junto con la cuchara, sobre la mesilla de noche. Lo hizo como un gato que deja un ratón frente al lecho de su dueño o de su dueña, como muestra de afecto.

A la mañana siguiente, sonó la campanilla de la puerta. A través del cristal ahumado, María reconoció la silueta de un hombre. No abrió. Al cabo de una hora, el visitante regresó.

Golpeó los cristales con el puño de un bastón o de un paraguas, pero María no se inmutó.

A las cinco de la tarde, Dorfheimer empezó a agonizar. Susurró unas rimas infantiles. Media hora después, cuando ella volvió a entrar en la habitación, estaba muerto.

A bordo del *Leibnitz*, María había visto cómo a los muertos les ataban una tira de trapo en torno a la cabeza y al mentón para evitar la caída del maxilar. Había observado, además, que les cerraban los ojos. Ella cruzó las manos del difunto sobre su pecho, como prestas para la oración, se situó al pie de la cama, masculló un rezo, pronunció el amén y bajó a la cocina el plato de sopa fría. Más tarde regresó al dormitorio y depositó sobre el lecho un par de flores de cera. Cogió un mantel y envolvió con él dos candelabros de plata y la figura de porcelana de una muchacha rococó, cuyos rojos cabellos la habían fascinado. En la cocina había algunos dólares en billetes y monedas. Guardó el dinero, se puso una bufanda y se caló hasta la frente su gorra de lana. Por último, fue a buscar un trozo de papel, dio varias vueltas a las palabras que quería emplear y escribió: «Mr. Dorfheimer is dad. Bleeze halp him».

Con cautela, pasó el doble cierre a la puerta de la calle y arrojó la llave en la nieve.

Entonces desapareció entre la multitud con pasitos cortos, al parecer con un rumbo bien determinado.

¿Adónde se dirigía?

XII

La nieve caía como si cumpliese con lo pactado en un convenio meteorológico, y la gente, al caminar, ponía el pie en las huellas dejadas detrás por sus antecesores, como suelen hacer los indios.

María se detuvo en la calle 23, frente a una baja construcción de madera: el puesto de frutas y verduras de la señora Newton-Cantieni, a la que había conocido cuando salía a hacer la compra. Alma Newton era una compatriota, una mujer algo enjuta y envejecida oriunda de Sils, en el valle de Domleschg. De niña también había trabajado de temporera en Suabia, y ella era la única, absolutamente la única con la que María hablaba a veces en el dialecto de los Grisones.

Alma Newton-Cantieni podía necesitar de sus servicios, y María lo sabía. A la verdulera le había tocado en suerte una desgracia muy peculiar: su marido, Gilbert Newton, había sido durante más de veinte años un exitoso cultivador de manzanas en Nueva Jersey, hasta que un buen día de 1866 —es decir, hacía dos años—, comprobó que sus jornaleros habían olvidado recoger los frutos de uno de sus árboles más fecundos. Tal vez todo se debiera a una curiosa casualidad, o quizá debido a una omisión consciente, ya que, como es natural, el señor Newton pagaba unos salarios miserables. En fin, que Gilbert Newton fue a buscar una escalerilla y, cuando apenas la había apoyado contra el tronco, le cayó en la cabeza un aguacero de manzanas, una auténtica avalancha de frutos otoñales que lo sumió en un estado de inconsciencia del que ya no volvió a despertar. Es probable que a esto último contribuyeran también un par de puñetazos. En opinión de los médicos, el señor Newton podría seguir viviendo todavía varios años, pero nunca llegaría a recuperar la salud. Mantenía los ojos abiertos, pero no se sabía si escuchaba, veía o comprendía algo de lo que ocurría a su alrededor. Yacía allí como un reptil que, de vez en cuando, sacaba la lengua. Cada dos horas era menester administrarle una sopa ligera que el enfermo ingería a regañadientes y entre babas.

Hemos dicho ya que, desde la niñez, Alma Newton-Cantieni se vio obligada a realizar trabajos muy duros, de modo que para ella era una deshonra vivir sin trabajar. Tenía mucha razón en no ver como un auténtico trabajo la obligación de administrarle sopas a su marido, y aunque amaba a aquel hombre, hubiera preferido verlo muerto. En fin: ¿quería María encargarse de cuidarlo? En ese caso, tendría techo, comida y un salario adicional de cuatro dólares semanales. Además, claro está, debía mantener un poco el orden en la casa, que estuviera limpia sobre todo, y también el enfermo.

María aceptó la oferta sin vacilar, y mientras pelaba manzanas con Alma, pudo oír los estertores provenientes de la planta superior. Pero una se acostumbraba pronto a ellos; además, la compota de manzanas que hacía Alma y que estaban preparando en ese momento era tenida en el barrio por una exquisitez. Con un suspiro, la verdulera le anunció que era la hora de alimentar al enfermo. María se levantó de inmediato y, cuando estaba en la cocina, oyó cómo la otra le gritaba que solo necesitaba calentar aquello. «Aquello» era un caldo de patatas de color gris en el que Alma revolvía un huevo antes de que comenzara a hervir, pero la muchacha vertió por el sumidero el contenido entero de la pequeña cazuela. Preguntó entonces si tenía cebada, algunas judías y un poco de tocino.

—¿Qué? ¡Vaya disparate! Nada de banquetes —respondió Alma sin sospechar la indignación de María al saber que en aquella casa no disponían de los ingredientes más simples para preparar una comida de domingo típica de la región de ambas. No obstante, se tranquilizó y, echando mano de unos puerros, un poco de harina y grasa de cerdo, preparó una buena sopa a la que, por desgracia —según la indicación de los médicos—, no pudo echar sal. María se preguntaba qué entenderían los galenos de la sal.

—Es poco saludable —gritó Alma, como si le hubiera leído el pensamiento. Entonces María se preguntó qué cosa podría ser sana para el señor Newton, y se dejó guiar por su intuición de cocinera. No hay sopa buena sin sal.

La faena de alimentar al enfermo no resultó demasiado grata. María le acomodó la almohada en la espalda y lo alzó un poco tomándolo por los hombros. Sin moverse, el señor Newton observó la oreja izquierda de Mary. Sorbía la sopa, retiraba la lengua y cerraba la boca, para luego volver a abrirla, como un viejo pájaro enfermo, a la espera de la siguiente cucharada. Después de once o doce cucharadas, hizo chocar ruidosamente los dientes para indicar que ya estaba lleno.

—Mañana comerá una auténtica sopa de judías y cebada —le susurró María—. Una buena sopa, una sopa de verdad —y añadió luego, con voz obstinada, pero más baja—: *I can cook!*

El señor Newton, por supuesto, no contestó, pero continuó mirándole la oreja izquierda, que María, involuntariamente, se palpó. «Sí, aún estaba en su sitio».

Once días después, Alma Newton-Cantieni quedó liberada de las largas penas de su marido; amigos y vecinos le estrecharon la diestra para expresarle sus condolencias, y lo hicieron con ambas manos: una —podría decirse— por el señor Newton; la otra, por la propia Alma Newton. Casi todos eran pobres, y en vistas de que era invierno y las flores demasiado caras, algunos se presentaron con libros de su tierra natal, carne seca o un trozo de tarta.

Todos habían oído hablar de la ayuda prestada por María y preguntaron por ella. Alma, desconcertada, se encogió de hombros y les habló del estado impecable en que había encontrado su casa: nunca la cocina había estado tan limpia; María, incluso, le había cruzado las manos al difunto y cubierto la cabeza con la sábana. Había puesto orden en su propia habitación.

Y, sin embargo, la joven se había marchado dejando en el suelo la llave de la casa, y debajo un papelito en el que había escrito con letra infantil: «Sorry! Mary, the cook».

Se conjeturó que quizá hubiera encontrado a sus padres o parientes perdidos. Alma asintió y, a continuación, pasó a ocuparse de los dos hombres que cargaron el ataúd hasta la planta de arriba, al tiempo que trataba de discernir si se trataba de ayudantes a los que, a modo de propina, pudiera regalarles un bote de compota de manzana.

Si, llegada la primavera, María no había dado aún señales de vida, dijo Alma, les escribiría a unos conocidos comunes de su región natal. En realidad, ni por un momento pensó en hacer tal cosa; al día siguiente inició una nueva vida con el recolector de manzanas que había encontrado a Gilbert Newton inconsciente bajo el árbol.

A día de hoy, el Código Penal no conoce ninguna ley de gravedad newtoniana que se ocupe de manzanos. Tampoco la dicha de los habitantes del planeta Tierra se inició con una manzana.

XIII

Aunque en el transcurso de estas historias me atendré a los pocos datos biográficos que pudo en parte averiguar George A. Soper, así como a las anotaciones que mi abuelo hizo en su agenda, es obvio que existe un vacío biográfico cuyas lagunas es preciso llenar. Cabe, por lo tanto, inventar algo genuino, ya que —como todos sabemos— no hay en este mundo una sola biografía auténtica o verdadera. Contamos ahí con una sustancia inconfundible. Como la arena en un reloj de arena. Los distintos biógrafos darán la vuelta al mismo reloj, y la misma arena tomará siempre un nuevo curso al fluir hacia el otro recipiente de cristal.

A Mary Mallon, como la llamaremos de ahora en adelante, le dieron al nacer el nombre de María Anna Caduff. Como di con ese nombre en la parroquia y en el registro civil de su pueblo natal de los Grisones (así como con los de sus padres y sus hermanos), y teniendo en cuenta que la fecha en que emigraron coincide con la fecha del embarque (si bien solo de manera aproximada), no cabe duda alguna sobre su identidad, aparte de que en la lista de pasajeros del *Leibnitz* figura el apellido de una familia Caduff formada por cinco miembros.

Como cualquiera de nosotros, Mary Mallon estuvo, en un principio, exenta de toda tacha o culpa. Era un ángel de la muerte. Y ese ángel llamado Mary hubo de llevar una existencia miserable, una auténtica vida infame, de perros, y ocasionó mucho infortunio a sus semejantes, pero siempre en un estado de culpable inocencia.

El doctor George A. Soper nunca se ocupó de esa cuestión de índole moral. Tampoco lo hizo mi abuelo. Como hemos dicho, a los dos les interesaba únicamente el fenómeno médico representado por esa mujer —la transmisora de tifus más famosa de la historia—, a la que el lenguaje popular conoció por el apodo de María Tifoidea. La elección realmente desafortunada de su profesión (una pasión por cocinar que nada ni nadie pudo contener) tuvo un efecto tan devastador que la mayoría de sus contemporáneos la tuvo por una invención semejante a la surgida posteriormente en torno al soldado veterano conocido como el monstruo Kilroy.

Pero María Tifoidea no es una invención. A las víctimas que consiguió probarle George A. Soper las colocaron en ataúdes de verdad, fueron enterradas y, muy a menudo, lloradas con dolor sincero. Resulta difícil precisar con exactitud cuántas fueron —el propio Soper lo señala—, porque, ¿quién es capaz de localizar todas las ramificaciones de una epidemia?

El tifus (del griego *Typhus*: «niebla») era y es una enfermedad infecciosa específicamente humana que, a día de hoy, gracias a los antibióticos, provoca la muerte solo en un dos o tres por ciento de los casos, pero los índices de muerte (de «mortalidad», como lo llaman los médicos) eran mucho más altos hace cien años o antes. Su agente patógeno es la bacteria

Salmonella Typhi, descrita por primera vez por Eberth y Gaffky en 1880; se transmite, por lo general, por medio de alimentos o de agua contaminados, y es más frecuente en jóvenes que en ancianos.

Los síntomas del tifus se manifiestan entre una y tres semanas a partir del contagio: dolores en cabeza y extremidades, ofuscación, hemorragias nasales, escalofríos y fiebre alta que aumenta gradualmente día tras día. A medida que se incrementa el malestar general, la temperatura se mantiene constante en torno a los cuarenta grados. El cuerpo se inflama y el bazo se vuelve sensible al tacto; en un principio las deposiciones son continuas, las mucosas se secan. Los folículos linfoides del intestino se ulceran, y eso puede producir más tarde deposiciones líquidas parecidas a una sopa de guisantes, provocando, por último, hemorragias o perforaciones intestinales que derivan en una peritonitis.

El individuo infectado elimina en sus excrementos millones de bacilos de tifus activos que, por lo habitual, constituyen la causa del contagio, en general a través de bebidas y otros alimentos, pero también transmitidos por moscas y otros insectos.

¿Cabe hablar de parábola si decimos que la mosca no enferma de tifus? La propia Mary no contrajo la enfermedad: ésta nunca se volvió virulenta en ella. Ella era una mera portadora y, como tal, se limitaba a contagiarlo, pero la medicina de entonces aún no sabía nada acerca de los portadores. En cualquier caso, un científico alemán, un tal Robert Koch, andaba ya sobre la pista. De haber oído hablar de Mary Mallon, la hubiese considerado un ángel exterminador en sentido poético. Pero ¿qué hay de mí?

La muerte es la odiada vecina de cualquier médico. Cuando uno es un joven profesional, la ignora; más tarde empieza a tratarla con corteses gestos de cabeza. Al final, acabas saludándola como a una colega, de un modo cordial, pero distante. No resulta difícil imaginar que yo, en mi condición de pediatra, haya contemplado con horror a esta vecina a la que no puedes ignorar. La he observado de arriba a abajo, desde sus talones huesudos hasta la punta de su guadaña, y siempre me he preguntado por qué no me hice gerontólogo. Sin embargo, hasta hoy —y no soy todavía demasiado viejo, he comentado ya que tengo cincuenta y ocho años—, aún no me he arrepentido. Mi propio padecimiento no tiene nada que ver con la edad. En los próximos meses o semanas, la vecina de la que hablo hará de pronto una parada y se quitará el sombrero para saludar de un modo muy poco americano. Después de este comentario al margen, el lector me perdonará que me haya permitido una descripción tan poco respetuosa de la muerte y del acto de morir. Mis respetos siguen dedicados a la vida misma.

XIV

Si uno contempla imágenes de Nueva York de las décadas de 1870 y 1880, lo primero que llama la atención, de un modo fantasmagórico, es su vacuidad, la ausencia de seres humanos, sobre todo cuando muestran ciertos barrios distinguidos o lugares con un toque especial. La culpa la tienen los fotógrafos de entonces, en cuya opinión la vista de grandes multitudes humanas era una ofensa para la vida espiritual de aquellos que querían tener una foto del exterior de sus mansiones. La imagen que tengo ahora delante, de la esquina de City Hall y la calle Chambers, tomada, sin duda, un domingo a primera hora de la mañana, cuando ni siquiera la gente pobre había salido con rumbo a la iglesia, es un buen ejemplo de ello.

Imagino a Mary allí, la imagino admirando a alegres damas y animados caballeros mientras se pasean en sus coches de punto.

Empezaba a atardecer, y ella vagaba sin rumbo. Había acomodado su hatillo en un bolso de mimbre y se detuvo, indecisa, cuando un hombre vestido de librea y ya entrado en años —para Mary un «caballero»— caminó hacia ella y la abordó.

Ella no lo impidió, ya ambos se encontraban bajo la luz de una farola de gas, de modo que era imposible tomarlo por alguien perteneciente a esa chusma que suele evitar la luz.

—¿Adónde se dirige la joven dama? —inquirió él, primero con una pregunta retórica para de inmediato formularle otra más directa—: ¿Busca quizá la compañía de dos caballeros de edad avanzada que la admirarían y, ejem... —aquí vaciló un instante—, ... más tarde la agasajarían y recompensarían como a una princesa?

Mary no respondió. Cuando una no sabe una respuesta, lo mejor es callar. El señor de librea parecía llevar mucho tiempo esperando en aquel lugar, porque temblaba de frío, tenía la nariz acuosa y los zapatos enlodados.

—*I am a cook* —dijo por fin Mary, pero el de la librea hizo un ademán de rechazo, hurgó en el bolsillo superior de su chaqueta y le mostró, como si se tratase de un carné de identidad, un flamante billete de dólar, sin pliegues, como recién salido de la prensa. En su excitación, ella no alcanzó a ver su valor.

—Será conveniente, por supuesto, actuar con cierta discreción —añadió el desconocido con una sonrisa cuando Mary le preguntó si podría quedarse a pasar la noche—. Vaya, vaya —dijo el hombre en tono paternal. Si de verdad estaba buscando un puesto de cocinera, podrían hablar de ello otro día o un poco más tarde—. ¿Qué edad tienes, hija mía? —preguntó el caballero, si bien es poco probable que existiera ya entonces la disposición del límite de edad, en el sentido de la legislación actual sobre el consentimiento sexual. María se asustó y dio la suya de manera imprecisa, con la ayuda de los dedos.

—¡Qué edad tan bonita! —dijo el hombre, que la rodeó con el brazo con mucho tacto repitiendo su ofrecimiento—.

Los dos caballeros, amantes del ajedrez, juegan su partida los viernes por la noche, y se alegrarán muchísimo, sin duda, de contar con cierta distracción en la figura de una muchachita tan adorable. —Mientras decía esto, su mano ejerció una leve presión, y Mary acabó siguiéndolo sin ofrecer ninguna resistencia.

La casa no era precisamente la de un *gentleman* (si bien Mary, como es natural, no reparó en ello). La escalera había visto épocas mejores, los deslucidos y gastados sillones de cuero parecían salidos del atrezo de un teatro, y desde las paredes los miraban fijamente las caras astutas, de mejillas enrojecidas, de abogados y políticos, a saber qué «antepasados» que llevarían décadas acuclillados en el cielo, como en el restaurante de tercera categoría de alguna estación de tren. El fuego de una chimenea parpadeaba, arrojando una luz cálida sobre dos caballeros sentados con suma dignidad —como en un anuncio de los que solían aparecer en el periódico por entonces— junto a una botella de whisky, como si mantuvieran una charla sobre sus encantadores nietos. Ambos se volvieron con un brusco movimiento cuando el hombre de librea se inclinó ante ellos y les anunció en voz baja, pero audible para sus viejos oídos:

—¡Señores! ¡Una joven dama!

—¡Pero si es encantadora! —exclamó uno, mientras el otro repetía como en un eco, pero a modo de pregunta:

—¿No es encantadora?

—Gracias, Ferguson —dijo el caballero, y el descubridor de Mary se retiró y cerró la puerta a sus espaldas sin hacer ruido.

Uno de los ancianos le tomó cortésmente el bolso tejido y, a golpe de pantufla, la acompañó hasta el sofá, mientras el triquitraque de su risa denotaba la alegría por una visita que ya no esperaban.

—¿De dónde eres, hijita? —le preguntó, acariciándole el mentón—. Yo soy el tío Delbert, y ese señor de ahí, el tío Steve.

—¿Cómo te llamas? —preguntó el tío Steve, un anciano con una reluciente prótesis dental que parecía molestarle como el freno de un caballo y repiqueteaba como un sonajero cada vez que hablaba. Tal parecía que la estuviera empujando todo el tiempo con la lengua de una mejilla a la otra.

—*I can cook* —respondió impasible Mary al cabo de un rato, examinando a los dos ancianos de pies a cabeza, cosa que a estos, evidentemente, no les agradó. El tío Delbert padecía de lagrimeo continuo y, de cuando en cuando, se retiraba los anteojos de la nariz para secar las lentes con un paño.

—¡Hija, nadie te pide eso! ¡Quiero decir: que cocines! —exclamó el tío Steve con una risita que, en términos bíblicos, podría calificarse de viciosa—. ¿A santo de qué una niña tan bella debería cocinar?

—Bueno, dinos cómo te llamas —preguntó de nuevo el tío Delbert.

Su cabeza, sin un solo pelo, brillaba como si la hubieran lustrado con limpiamuebles, uno de los avances de aquellos años. El caballero que respondía al nombre de Delbert también tenía dientes, advirtió Mary, pero los suyos eran más bien como las teclas de un piano: unos se movían hacia arriba, los otros se hundían hacia abajo, a su antojo.

El tío Delbert habló entonces con voz imperiosa, pero en tono persuasivo; en realidad, solo hacía quince años que había dejado las riendas de su empresa.

—En fin, dinos cómo te llamas.

—Mary.

—¿Mary? ¿De verdad te llamas Mary? —exclamó el caballero que se hacía llamar Delbert, mientras que el otro, el tío Steve, se desternillaba de la risa, encantado—: ¡Mary!

—¡*Nuestra* Mary! —exclamaron al unísono varias veces mientras se daban leves palmadas en los muslos—: ¡*Nuestra* Mary!

Mary no tenía idea del nombre con el que la relacionaban, pero entendía —eso sí— que no se referían a ella, a Mary Mallon. Una aclaración para el lector: por aquel entonces, Mary Anderson era la actriz más famosa de la ciudad, un ideal de belleza femenina, ¿de acuerdo? De ahí el júbilo: «¡*Nuestra* Mary!».

Los dos caballeros, sin aliento de tanto reír, sacudían las cabezas, incrédulos ante aquel azaroso milagro.

—¡Ha llegado *nuestra* Mary!

El tío Delbert, tal vez el más joven de los dos, se repuso poco a poco de su ataque de risa, y de pronto se llevó las manos al pecho con un gesto tan brusco que tal parecía que le hubiera dado un patatús. Sacó una cartera de la que extrajo, con mano temblorosa, un par de aquellos billetes verdes que le tendió a la muchacha.

—Ahí tienes —dijo—: es tuyo —añadió, acercándose a la joven y frunciendo los labios para darle un beso paternal, pero retrocedió de inmediato.

—¿Qué ocurre? —preguntó el tío Steve, asustado.

—Has llegado en un barco de inmigrantes, ¿verdad? —preguntó el tío Delbert—. ¿De qué país? ¿De Polonia, quizá?

—¿Qué importa eso? —observó el otro con tono apaciguador.

—A mí sí que me importa —bramó el tío Delbert con voz de enfado, temblando—. Di, ¿llegaste en un barco de inmigrantes, procedes de Polonia? Los inmigrantes huelen mal durante muchos meses, pero a esos polacos el hedor les dura más. Conozco esa peste. No en balde fui armador de barcos toda mi vida.

—Olvida eso, querido amigo. ¿No es acaso una preciosidad esa niña? ¡Mira qué ojos tan claros! ¡Ven, acércate a la chimenea!

Mary se soltó de las manos del viejo y fue hasta el sofá para guardar los billetes en su bolso. Luego regresó.

—Bien. Ahora te bajas la falda y las bragas —ordenó el tío Delbert.

Mary obedeció como una muñeca a la que han dado cuerda, o más bien con la actitud descuidada con la que suele desnudarse un niño.

—¡Despacio, despacio! —susurró el tío Steve—. No tan deprisa.

—Más lentamente, mucho más lentamente —añadió el otro—. Ahora date la vuelta. Sí, así. ¡Eso es!

—El tío Steve es médico y te examinará, ¿entendido? No hay por qué tener miedo.

«¿Un doctor?», Mary se estremeció.

—¡Pero, no! ¿Quién podría tener miedo de un médico? ¡Ven!

Los dos caballeros la manosearon, volvieron el trasero desnudo de Mary hacia la chimenea y contemplaron con decrépitos ojos de niño cómo la delicada carne se enrojecía poco a poco.

—¡Divino! —susurró uno, mientras el otro, que no era pintor pero sí un conocedor de la pintura, exclamó con la voz entrecortada—: ¡Una niña de Rubens!

—¡Si al menos tuviera tres o cuatro años más! —susurró el tío Delbert—. ¡Ella sola se encendería a causa de tanto placer! Lo he vivido.

—Bueno —replicó el tío Steve—. De eso hace mucho tiempo seguramente, cuando todavía hubieras podido apagar ese fuego.

Entonces los dos ancianos se enfrascaron en una riña, se gritaron, despotricaron el uno contra el otro, pero no dejaron de mirarla hasta hartarse. En aquel preciso instante, el señor de la librea entró sin ser llamado y pidió permiso para llevarse a la pequeña.

—Por supuesto, Ferguson —dijo el tío Steve—. Saque a la niña de la vista de este viejo cerdo. ¿No es cierto, Delbert, tío amable?

Mary se vistió, tomó su bolso de mimbre y siguió al hombre de la librea, que la acompañó hasta una habitación donde había una cama preparada. Le prometió que al día siguiente, por la mañana, le daría una dirección, la del tío Delbert, que era abogado y vivía en Gramercy Park. Su esposa estaba buscando una auxiliar doméstica; allí tenía que presentarse Mary. Todo con la debida discreción, por supuesto.

Mary jamás había oído la palabra «discreción», pero supuso que sería algo con lo que una debía tener cuidado.

XV

A la mañana siguiente, Mary se encaminó hacia Gramercy Park. La señora esposa de Delbert Scott en persona le abrió la puerta y se disculpó de inmediato: su criada la había dejado vilmente plantada hacía tres días. Suspiró. De un vistazo supo que la persona que tenía delante no se correspondía ni por asomo con su posición social. Al contrario, aquella niña vestía ropas gastadas, y la ropa gastada solía estar sucia. Su voz cobró un tono frío y despectivo. ¿Era una mendiga, acaso?

De ninguna manera. Mary intentó hacerse entender. Buscaba trabajo como empleada doméstica, y dijo:

—*I can cook.*

A continuación, balbuceando, repitió algunas frases que había compuesto y aprendido de memoria. Trató de explicar que la dirección se la había dado una distinguida dama cuyo nombre no recordaba en ese momento.

—¡Oh! —Con ademán desdeñoso, la esposa de Delbert Scott la invitó a entrar en la casa y la condujo a la cocina, donde tomó asiento, dejando a la niña de pie. Como la señora era bastante parlanchina y llevaba varios días sin darle a la sin hueso, la compañía de Mary no le resultaba desagradable en absoluto, al contrario: cuanto más hablaba —al tiempo que manoseaba su collar de perlas como si fuese un rosario— y, sobre todo, cuanta más atención parecía prestarle la otra, tanto más simpática le parecía aquella niña que afirmaba haber trabajado para una familia de Boston. Tal vez ni siquiera prestó oídos a esa última referencia, pero fue convenciéndose poco a poco de que la pequeña, que había permanecido callada durante sus veinte minutos de cháchara, tenía que ser especialmente inteligente.

También le habló del señor de la casa, su futuro empleador. Delbert L. Scott era un hombre aquejado de toda suerte de alergias que lo obligaban a retirarse durante días para tomar baños medicinales (a fin de cuentas, era casi un octogenario), pero con unas ganas enormes de trabajar, por lo que pasaba a veces las noches en la oficina. Ella, mientras tanto, vivía sumida en un estado de depresión, sobre todo desde que una prima suya por la vía materna se había ahogado en un pequeño lago canadiense. Tal vez arrastrada a las profundidades por un indio o algún remolino traicionero. En todo caso, nunca habían encontrado el cadáver...

Pensativa, Mary se preguntó cómo era posible que no se encontrara un cadáver y si acaso los indios... Pero la señora Scott vino a interrumpir sus cavilaciones al anunciarle que había decidido darle el empleo, por lo menos a modo de prueba. Poca carne, muchas verduras y ensaladas, le dijo. En los últimos tiempos, se inclinaba más por la comida vegetariana, y los viernes, con la excepción de una taza de té, no tomaba nada, permanecía en cama para recuperarse.

Le mostró entonces el cuarto destinado a la criada, y le rogó encarecidamente abstenerse, en lo posible, de usar el retrete por las noches, ya que los ruidos la hacían pensar en posibles atracadores y le causaban un miedo atroz.

Para la cena de esa noche la señora Scott deseaba una ligera sopa de verduras, un vaso de leche de cabra y una ensalada.

—¿Y el señor Scott?

El señor Scott se había marchado al campo a casa de unos amigos, todos aficionados al *bridge*.

A la mañana siguiente, la señora Scott le presentó la nueva empleada a su marido. El anciano caballero la saludó como si la joven le resultara tan desconocida como lo es el obelisco parisino para un campesino alsaciano. Por lo demás, se mostró en extremo afectuoso, y durante varios días Mary tuvo incluso la sospecha de que no se acordaba de su cara y que su cerebro solo había reservado sitio para el recuerdo del trasero de una muchachita enrojecido por el calor de las llamas. No obstante, de vez en cuando, de manera furtiva y sin hacer ningún guiño con los ojos, le introducía algunos dólares en el bolsillo del delantal.

Al cabo de semanas, Delbert L. Scott enviudó. El encargado de diagnosticar la muerte fue nadie menos que el tío Steve, el doctor Steve: era un caso de tifus, *Typhus abdominalis*. La señora Delbert no sufrió demasiado. *She just passed away*, así lo expresó el señor Scott. Encerrados en el gabinete, los dos caballeros se agasajaron con dos o tres coñacs, y el tío Steve garabateó su firma al pie del certificado de defunción.

XVI

Dos días después del deceso de la señora de Delbert Scott la casa se llenó de personas y personalidades vestidas de negro. El viudo había pedido a la funeraria que asumiera la organización de las pompas fúnebres, también del agasajo de los asistentes al velatorio, de modo que los camareros de Hoobes' Funeral Home, que hacían su trabajo con rostro grave e impasible, parecían corteses cadáveres.

Mary se ocultó en su habitación, solo dejó la puerta entreabierta por si acaso la necesitaban. Poco a poco desaparecieron los murmullos discretos, se incrementó el bullicio, y empezaron a oírse unas risas contenidas que dieron lugar a una suerte de regocijo. Como siempre había sido una persona tan triste, la señora de Delbert Scott, cuyo nombre de pila solo conocían sus amigas más cercanas, había dejado una expresa nota testamentaria para que, antes de que la inhumaran, todos celebraran su llegada a los pies del Todopoderoso. «¡Sí, que celebrara con júbilo!».

Más tarde apareció ante la puerta un coche fúnebre tirado por caballos negros, seguido de varias decenas de carruajes, y la calle se vio inundada con el repiqueteo de los cascos. El silencio reinante a continuación hizo que Mary abriera la puerta con vacilación y bajara luego a tientas las escaleras.

Abajo se encontró con un tipo de devastación que desconocía hasta entonces, la devastación de gente distinguida: copas vacías, algunas volcadas; platos, algunos rotos, con sándwiches mordisqueados; servilletas de damasco arrugadas y arrojadas por doquier; puros encendidos y luego aplastados en cualquier parte; restos de polvo de tocador en los manteles, una Biblia abierta con manchas de vino, sombreros de mujer con crespones negros y una bufanda de hombre enrollada en la que habían ocultado una tarjeta de visita con la dirección de una dama. Puntas de espárrago pisoteadas sobre la alfombra, una pera mordida, y hasta los espejos enmarcados estaban llenos de mugre, como si un par de señoras, al maquillarse a toda prisa, hubieran sentido un repentino arranque de odio contra sí mismas y hubieran escupido a su imagen.

Mientras observaba aquello, salió de un rincón un joven con la boca y el mentón embozados y una pistola en la mano. Mary soltó un grito, y el presunto ladrón le tapó la boca hasta que, ya casi asfixiada, notó que al propio intruso le temblaba todo el cuerpo.

Su nombre era Chris Cramer.

XVII

Por aquellos años, la gente leía mucho los libros de un famoso autor cuyas tiradas superaban a las de su colega Mark Twain y, en ocasiones, hasta las de la propia Biblia: Horatio Alger, Jr. Sus protagonistas —solo ellos— era gente tan decorosa y noble que rozaban lo indecoroso. Cabría destacar una peculiaridad de sus personajes: en los libros de Horatio Alger las niñas se transformaban en mujeres, pero los chicos nunca dejaban de ser niños. Horatio Alger, Jr. se había alejado en ocasiones del ámbito meramente espiritual que, en su condición de pastor de almas, correspondía a la instrucción dominical de sus pupilos, para dedicarse a explorar, oculto entre los arbustos, cierta secularidad situada más abajo de la cintura. Un grupo de ciudadanos decentes casi lo hubiera colgado por ello de la rama de un árbol si Horatio no hubiese conseguido entonces pescar un tren saltando al último peldaño de la escalerilla. Se estableció en Nueva York, donde se presentó, precisamente, como escritor, y en lo adelante dedicaría todos sus esfuerzos a los intereses de los muchachos, pero en un sentido moral. Escribió numerosas novelas en las que los chicos —aparte de alguna trama de suspense— podrían encontrar también recetas de éxito para su vida futura. Fue útil, además, en otras cosas, pero el olvido en que se ha sumido en la actualidad (sus libros, por falta de demanda, han desaparecido de las bibliotecas de las grandes ciudades americanas), ese olvido podría, en definitiva, probar que la virtud no es más que un condimento para el arte.

Chris Cramer, aquel ladrón al que su padre, un hojalatero alcohólico, había arrojado a patadas de su casa, había llegado a Nueva York hacía dos años, procedente de Kansas City, y trabajaba lubricando las articulaciones rodadas de los trenes. Jamás pasaba sus ratos de ocio con mujeres, bebiendo cerveza ni holgazaneando, sino entregado a la lectura. A veces, tras el arribo de un tren a la estación Grand Central, le correspondía limpiar los vagones, y un buen día estaba en esas cuando encontró abandonada la historia de Marc, el joven vendedor de cerillas, y su protagonista conquistó fervorosamente su alma. Leyó con fruición las novelas y folletos de Horatio Alger, Jr., y hasta los hubiera robado si ciertos moralistas, deseosos de persuadir, no los hubiesen repartido gratis. El autor predicaba la virtud, la continencia y la honestidad, pero sobre todo la cortesía. Era mejor saludar de más que de menos, ya que no es posible adivinar a qué personalidad podemos ofender. ¿Que a un anciano caballero se le caía por casualidad un penique del bolsillo del pantalón? Pues lo correcto era agacharse de inmediato y devolverle la moneda. Tal vez el caballero fuera un Astor o un Rockefeller, y tal vez quedara tan conmovido que le ofreciera un puesto importante al honrado transeúnte. También la cortesía hacia las señoras entradas en años podía transformar al instante —según Alger— la vida de un joven educado y llevarlo a lo más alto.

La realidad, sin embargo, era otra. En una ocasión Chris Cramer había salvado en el último instante a un niño de caer bajo las ruedas de un carruaje cuyos caballos se habían desbocado. El padre, un hombre con aspecto de ser millonario, le asestó a Chris una bofetada por su tosco comportamiento. En otra, vio cómo a un caballero se le caía la cartera del abrigo. Apenas Chris se inclinó para recogerla, el hombre llamó a un vigilante del orden y culpó de intento de robo al virtuoso. Por suerte, el policía estaba borracho y se dio por satisfecho con propinarle un par de porrazos en condiciones, en lugar de llevar al joven a la comisaría. Una vez, al ver a un elegante caballero tumbado sobre el banco de un parque, como si estuviera inconsciente, Chris llamó a una ambulancia, pero el hombre, que mientras tanto había despertado, aseguró que Chris le había robado su reloj de oro. Otra vez, tras haber salvado con supremo esfuerzo a un banquero no del todo sobrio de una riña tumultuaria en un salón, lo que recibió fue una lluvia de bastonazos, ya que el caballero sintió que se había perdido el espectáculo de la trifulca. Sí, así era. Otro día le llevó la maleta a una señora hasta su casa. La dama lo invitó a tomar el té y un trozo de tarta. Pero al cabo de media hora se puso a manosearle la portañuela, y cuando él, decepcionado, se despidió, la mujer empezó a gritar por la ventana: «¡Me han violado! ¡Me han violado!», lo que le costó a Chris ocho meses de duro encierro en un reformatorio.

No, ni una sola vez había valido la pena mostrarse virtuoso. Y precisamente los ricos, ese segundo aderezo —por así llamarlos— entre los héroes de Horatio Alger, eran los peores.

Con el paso de los años, en Chris Cramer se fue haciendo cada vez más sólida la idea de que había también entre la clase pudiente algunas personas que no eran dignas de su dinero, gente a la que le importaba un pepino la virtud de los más humildes. Poco a poco se vio dominado por la sospecha de que a los ricos tampoco les interesaba que los pobres fueran menos pobres. Esa convicción le proporcionó el resto. Fue entonces cuando decidió delinquir con cierta moderación, lo cual tuvo consecuencias fatales para él, pues tenía un corazón demasiado bueno como para ser un criminal. Conocía el poder de la gente adinerada, de modo que limitó sus infracciones legales a los miembros de la clase media.

Eso le provocó una segunda crisis de conciencia. La población de la ciudad estaba compuesta por un diecinueve por ciento de ricos, o por lo menos gente acomodada, y por un setenta y dos por ciento de pobres. Por lo tanto, debía limitar sus robos al nueve por ciento restante, el de la clase media. Esa nueva conclusión lo llevó una vez más a trabajar en los ferrocarriles durante dos meses, con lo cual recobró su equilibrio interior.

Su especialidad —aunque no tenía aún demasiada práctica— era robar en casas señoriales después de ocurrido un fallecimiento, ya que en casi todos los casos el personal de servicio solía acudir al sepelio y él, por lo tanto, podía dedicarse a su tarea sin estorbos. Así que leía con regularidad los avisos necrológicos en el *New York Tribune*.

Mary supo todo esto la primera noche y lo cierto es que le pareció indignante.

—Así es la vida —concluyó él, y a continuación le preguntó—: ¿Sabes robar?

Mary negó con la cabeza. Salvo cocinar, no sabía casi nada, dijo.

Pero aquel joven le había caído bien.

XVIII

Chris Cramer le prohibió a Mary poner orden en la vivienda del difunto. Debía recoger sus cosas —le dijo— y marcharse con él. Él, además, aprovechó el breve tiempo de espera para hacer acopio de algunos objetos fáciles de ocultar en los bolsillos y bajo del abrigo.

Chris Cramer era, en realidad, un hombre de treinta y dos años, un gigante con cara de niño. Bajo la frente prominente, su mirada parecía adusta, ya que solía fruncir constantemente las tupidas cejas, como si todo le costase esfuerzo. Tenía unas manos gigantescas, y se le formaban unos hoyuelos sobre los nudillos. El cabello le caía en rubios tirabuzones. Pero para Mary solo contaba una cosa: Chris Cramer le recordaba a Sean Mellon, el cocinero, a cuyo lado había pasado la mayor parte de la terrible travesía del *Leibnitz*.

—Creo que sí —respondió Mary cuando él, esa primera noche, en su casa, le preguntó si todavía era virgen. A él, de todos modos, le daba igual, añadió.

Había ensartado cuatro manzanas en un asador y estaba cortando unas finas lonchas de tocino con las que envolvió las manzanas, fijándolas con unas pequeñas puntillas. No podían olvidarse de ellas, le explicó, como tampoco se pueden olvidar las espinas cuando se come pescado.

En el hogar ardía la madera de unas cajas, y él mantenía vivas las llamas con trozos de ramas cortadas con una sierra. La leña no escaseaba, la encontrabas por todas partes, yacía en cualquier esquina, como objetos arrojados por el mar. Chris tosió.

—El tiro de la chimenea es pésimo —observó.

El joven se limpió las manos y le preguntó a Mary si le gustaba su alojamiento. Ella asintió, entusiasmada. Era un alojamiento peculiar. Chris Cramer había fijado a las paredes infinidad de retazos de vestidos, faldas, pantalones y abrigos, trapos de colores, blancos y negros; era como si hubiese querido mantener, sin demasiado cuidado, la tradición de las coloridas mantas del oeste. Al cabo de un rato, le preguntó a Mary por su lugar de procedencia.

—Irlanda —respondió ella, sin vacilar.

Chris, riendo, empezó a imitar el inconfundible acento alemán, más bien alemánico; luego añadió que él también sabía reconocer el acento irlandés, pero que el inglés de ella era demasiado miserable, incluso para el irlandés más lerdo.

Mary guardó silencio. No quería que la despojaran de su identidad inventada.

—Comamos —propuso él—. ¿Quieres pan?

Ella asintió.

Él cortó dos rebanadas y las tiró sobre la mesa.

La muchacha, indignada, trató de buscar un modo conciso de expresar su enfado que no la delatara.

—El pan viene de Dios.

—Sí —respondió Chris, impasible—. El asado de cerdo también. —Retiró de la varilla las manzanas humeantes, las envolvió en un trozo de periódico y las dejó, con cuidado esta vez, encima de la mesa—. ¡Sírvete!

Ella obedeció.

—De modo que te llamas Mary. ¿Mary qué?

—Sí, Mary. Mary Mallon.

Chris la observó, dubitativo. Al final, asintió y dijo:

—Bien, por mí: Mary Mallon, pues.

Masticó con cautela un trozo de manzana caliente.

—¿Estás cansada? —le preguntó.

Ella asintió.

—Pues acuéstate. En aquel rincón hay dos colchonetas. Elige una.

Chris Cramer, con la cara todavía vuelta hacia el fuego de la chimenea, no reparó en que ella empezaba a desvestirse; lentamente, pero sin vacilar. Cuando por fin la miró, vio su cuerpo semidesnudo y le ordenó que parara. No estaba enojado en absoluto, pero su voz sonó terminante. Se levantó, la envolvió con la manta como a una niña pequeña y la acostó sobre una de las colchonetas.

—Mañana hablaremos de tu futuro. —Mary quiso interrumpirlo, pero él le puso dos dedos sobre los labios y añadió—: ¡Ya sé que sabes cocinar! ¡Pero, ahora, duerme!

Chris Cramer también intentó dormir. De pronto, lanzó un zapato a una rata que estaba al acecho. No acertó. Cuando consiguió conciliar el sueño, se despertó de nuevo, desvelado, intentó rezar varias veces y desistió todas ellas, absorto en otros pensamientos. En realidad, las oraciones no servían de nada, porque si Dios estaba meditando en ese momento, ¿cómo iba a oír los pensamientos de los hombres?

Mary despertó al amanecer y se puso a observar a las ratas. En el *Leibnitz* se había acostumbrado a ellas como si fuesen animales domésticos.

XIX

La zona en la que vivo actualmente —ya saben: la Riverside Drive, en la parte superior del Westside— es una especie de barrio en transición. Aquí residen muchos fugitivos judíos de la época de Hitler y sus hijos, que hace tiempo son personas adultas. La blancura de los blancos transita hacia el color canela del puertorriqueño y se condensa en Harlem, en la calle 125, en una piel negra, cubierta de ropa de colores chillones y no siempre de buen gusto. Pero ¡uf! ¿Acaso es de buen gusto que alguien en mi estado se ocupe de cuestiones tan ridículas como el buen gusto? Resulta raro: hace noventa años, Riverside Drive estaba casi deshabitada, era una colina cubierta de escasos árboles y hierba. Pero a poco más de una hora a pie, en el *downtown* de Manhattan, había fábricas en las que, según estimados actuales, faenaban más de cien mil niños con jornadas laborales de más diez horas diarias, todo por un salario miserable.

El domicilio de Chris Cramer, situado en Water Street, era una chabola hecha a partir de maderos rescatados de los muros carbonizados de una casita construida al estilo holandés y que él, literalmente, había armado con la ayuda de algunas puntas. Había cubierto las grietas con bostas de caballo y engrudo. No tenía ventanas, la casucha había sido concebida para el frío del invierno. En el verano dormía sobre el techo. Estaba orgulloso de ella, sobre todo de su interior. Mary fingía dormir, aunque en realidad lo observaba, parpadeando, desde debajo de la almohada mientras él se aseaba y se vestía. Sí, lo admiraba, admiraba todo cuanto hacía.

Chris garabateó unas líneas en un pedazo de papel. Por un momento, pareció preguntarse si Mary sabría leer y escribir, pero se encogió de hombros y salió. Ella se levantó a toda prisa y leyó la nota. Él debía atender ciertos negocios en Wall Street, tenía hojas de té y algo para comer, pero le dejaba cincuenta céntimos por si le apremiaba comprar algo más.

Mary se vistió. Durante el día, había en la casa un olor extraño. El humo se había disipado. En un rincón le llegaba hasta la nariz el aroma de un perfume barato; en otro, uno rancio o agrio; en algún sitio un hedor miserable; en otro, dulzón; olor a humedad y a viejo, ese incienso de la pobreza que ella tan bien conocía. Los olores agradables provenían de las prendas de ropa usadas en otro tiempo por gente mejor situada. Nadie hubiera podido superar en laboriosidad a Chris Cramer con el martillo y los clavos. Mary abrió la puerta de la vivienda, que a su vez era la puerta de la calle, y colocó un ladrillo entre esta y el umbral. Pero no por mucho tiempo: el aire fresco arrastró hasta la casucha un frío glacial.

En un rincón, encontró montones de novelas de Horatio Alger, que empezó a ordenar y apilar con esmero. También halló más de una decena de carteras vacías, algunas con monogramas y tarjetas de visita, portamonedas de señoras y finos pañuelitos de seda. Sabía que Chris era un ladrón, y sin embargo le entró miedo. A toda prisa, envolvió en un periódico todo cuanto encontró, corrió dos manzanas calle abajo y arrojó el paquetito, que ya empezaba a deshacerse, en la entrada de un edificio. Luego, jadeante, regresó. Decidió limpiar el suelo, que le recordaba a la taberna del puerto en la que había esperado el embarque la mañana anterior a su partida. Bajo los folletos y periódicos pululaba toda clase de bichos. Barrió y sacó brillo a los muebles —más bien fragmentos de muebles—, y pensó en si debía escribir una carta de amor a Chris Cramer, pero descartó la idea, pues no sabía qué escribir en una carta de amor.

Al cabo de unas horas, cuando él regresó, Mary, sin responder a su saludo, empezó a hablarle de las carteras encontradas y le rogó que le prometiera que jamás, nunca más, volvería a hurtar. Chris se limitó a reír y le explicó que, si dejaba de robar, se morirían de hambre.

—*Bullshit!* —contestó Mary, orgullosa de la expresión. En cuanto encontrara un puesto de cocinera, él ya no tendría necesidad de robar—. *I'm a cook.*

Y para demostrarle cuánto sabía y cuán en serio hablaba, le hizo traer papel y lápiz y, en su inglés chapurreado, le dictó su primera receta: sopa de rabo de buey.

XX

«Con una hachuela, se trocea un rabo de buey por las articulaciones que facilitan el movimiento del rabo, ya que los bueyes, aunque no se los ordeña, también sacuden esa parte de su cuerpo de un lado para el otro o la levantan un poco por algún motivo especial (las boñigas). Es preciso dorar las distintas partes —las superiores con algo más de grasa— en una sartén de freír, con aceite o grasa derretida. Pero lo importante son los ingredientes que se detallan a continuación, que se deben cortar en trozos muy pequeños antes o después de dorar la carne. Para ocho personas: un kilo de zanahorias, medio kilo de puerros, nueve cebollas de mediano tamaño, medio kilo de apios, medio de coles rizadas, sal, pimienta y ajo. A los trozos de rabo de buey se le añaden dos litros de agua y se ponen a cocer por lo menos dos horas; luego se dejan enfriar hasta que no nos quemen los dedos y se pueda separar la carne de los huesos sin dificultad. Estos pueden dejarse para perros vagabundos o mendigos allegados. (Esa última frase la añadió Chris Cramer). La carne se desmenuza con las yemas de los dedos, una labor fastidiosa para la que debemos arremangarnos la blusa o la camisa hasta los codos. Se echan de nuevo en el caldo los pedacitos de carne separados, pero esta vez en una cazuela bien grande. Ahora esa mezcla de carne y verduras troceadas hierve a bajo fuego durante otra hora. Antes de que pasen los sesenta minutos, se vierte un poco de aceite en la sartén, se añade harina y se revuelve hasta que se dore, o mejor dicho, hasta que se ponga negruzca, y entonces se la agrega a la sopa de rabo de buey, que se pondrá a borbotear ruidosamente, porque el aceite se calienta más que el agua. Esa harina tostada le proporciona un ligero amargor que, antes de servir la sopa, ha de corregirse con un poquito de vino de Madeira o una cucharada de azúcar. A menudo los conocedores aderezan su plato con cebollino o perejil picado».

Redactar la receta le llevó casi tanto tiempo como el que la propia receta preveía para la preparación de la sopa. A Chris Cramer le dolían las muñecas, ya que él no era como Horatio Alger, Jr., que tal vez las tendría de acero para poder escribir tanto. De aquello dedujo que el trabajo intelectual exige también una buena dosis de fuerza física. Una vez más, apretó los labios para no revelar cuánto anhelaba en su fuero interno convertirse en escritor algún día.

A la mañana siguiente, cuando iba camino de la biblioteca, Chris Cramer se tropezó con un sujeto llamado Al Fogerty, un tipo fanfarrón que no le caía demasiado bien y que, cuando hablaba con alguien, se abalanzaba tanto sobre su interlocutor que este debía ir retrocediendo paso a paso. En una ocasión, el propio Chris estuvo a punto de tropezar y caer dentro de una tina situada a sus espaldas. Quiso apretar el paso, pero Al Fogerty lo agarró por la manga.

—¡Eh, tú! —exclamó—. ¿Ya no conoces a tus amigos?

Aquello era una desfachatez, pues había sido él, Chris Cramer, quien una vez, con su astucia y un par de tretas, había salvado a Fogerty de las zarpas de la policía. Comparado con su situación anterior, Al Fogerty vestía ahora con elegancia, y, como acabó por saber, en el tiempo transcurrido había conseguido medrar profesionalmente. Era portero del hotel St. Denis. Se puso a alardear, le habló de celebridades que la gente normal solo conocía por los periódicos. Por desgracia —dijo— , ahora no podía perder más tiempo y debía marcharse, pero añadió que, si Chris necesitaba su ayuda, él estaba dispuesto a proporcionársela. Chris Cramer no le creyó una sola palabra. Sin embargo, le preguntó si habría posibilidades de dar trabajo a alguien en el hotel. Por supuesto, respondió el otro, y le preguntó si seguía viviendo en la misma dirección. Chris Cramer asintió, y Al le prometió pasar por su casa ese mismo día, hacia el atardecer.

Se podría considerar un milagro, pensó Chris, que alguien que ha conseguido salir no hace mucho de la mugre quiera de verdad ayudar. Sería casi un buen motivo para escribir una carta a Horatio Alger, Jr.

Pero esa misma noche Al Fogerty llamó a su puerta y entró en la vivienda.

—Tú me ayudaste en su momento —dijo—, y viendo ahora esta casucha, me doy cuenta de que tú también necesitas ayuda.

Al, el portero del hotel St. Denis, sintió franca repugnancia al ver la pobreza reinante en la vivienda de su amigo. Arrugó la nariz con cierto menosprecio y empezó a rascarse como si un ejército de liendres trepara ya por sus pantorrillas. Aún se rascaba en silencio cuando Mary, de regreso, entró en la casa balanceando una cesta de frutas y verduras, se acercó a Chris Cramer y lo besó con gracia infantil; pero, a pesar de todo, aquel gesto hizo que el otro se sintiera avergonzado. Mary llevaba un vestido de color azul claro con lunares blancos, y unos volantes en forma de cáliz en torno al cuello y las muñecas. Se había quitado el abrigo antes de cruzar la puerta, y lo arrojó encima de la cama.

—¿Te gusta? —preguntó, sin hacer caso a la presencia de Al Fogerty. Chris Cramer parecía no ver el vestido. Solo tenía ojos para las ávidas miradas de su invitado, que había visto en su hotel a tanta gente de mundo e intentaba ahora besar la mano de Mary. Ella, casi asqueada, evitó el gesto, y en sus ojos se vio aún reflejada la esperanza de que Chris Cramer le hiciera un cumplido.

—Este es mi amigo Al Fogerty —dijo él, y continuó—: Al es un hombre generoso, y tal vez pueda ayudarte.

—Claro que sí —lo interrumpió Al. Chris Cramer, sin prestarle atención, habló de las posibilidades que ofrecía un trabajo en el hotel St. Denis, ya fuese como camarera, como planchadora en la lavandería o en cualquier otra cosa por el estilo. Fue entonces Mary la que, enojada porque no se hubiera hecho mención siquiera de sus artes culinarias, lo interrumpió. Al Fogerty asintió y dijo que él, en lo personal, no dudaba ni por un instante de sus habilidades, pero que hasta ese momento en los grandes hoteles y restaurantes jamás se había conocido a ninguna mujer cocinera, solo pinches de cocina; es decir, las encargadas de pelar patatas. No obstante —añadió—, era muy probable que gracias a sus buenas relaciones con el *chef de cuisine*, un tal Jules d'Albert, pudiera conseguirle a Mary una ocupación más sensata entre los fogones. Monsieur d'Albert, natural de París, era una persona comprensiva en todos los sentidos.

Es posible que Al Fogerty notara la poca comprensión que ella mostraba en relación con todas esas personas comprensivas que se habían cruzado en su camino, ya que la joven se limitó a sonreír cuando el amigo de Chris contó que a los huéspedes del restaurante del St. Denis les servían platos tan exquisitos que de vez en cuando desaparecían en los servicios con el único fin de meterse el dedo en la boca para continuar con aquel banquete. Con altanería, Fogerty les dijo que les daría alguna noticia a lo largo de las próximas veinticuatro horas y sonrió; pero su sonrisa se esfumó en cuanto Cramer, con voz áspera, le espetó que el vómito de aquellos parásitos apesta, y añadió que si todo aquello no eran más que fanfarronerías suyas, no volvería a sacarlo de la mierda jamás, porque entonces, para él, su amigo no sería más que un pedazo de mierda. Sin decir palabra, Al Fogerty, portero del St. Denis, se puso los guantes de gamuza que un inglés había olvidado en la entrada del hotel, bostezó, se inclinó en una reverencia y salió de la casucha no sin tomar buena nota del zapato que Chris Cramer le arrojó, como solía hacer con las ratas.

Mary empezó a poner orden. Soñó, mientras tanto, con las cocinas del hotel que algún día recorrería de un lado para el otro, probando por aquí un plato, verificando otra cosa por allá. Sí, se haría enviar setas de su región, cuyo suelo las producía a borbotones durante el verano y en sus postrimerías, cuando la Virgen María Santísima dejaba caer sus lágrimas en forma de lluvia, acompañadas de viento.

¿Qué diablos le ocurría?, quiso saber Chris Cramer lanzando otro zapato. Ella dijo sentirse tan dichosa que ahora solo deseaba convertirse en su mujer para que todo estuviera a pedir de boca.

Nada estaría bien, opinó Chris Cramer. Aquellos no eran tiempos para fundar una familia ni traer hijos al mundo, mucho menos aún con una cría como ella, que ni siquiera tenía un buen triángulo entre las piernas y era todavía una niña. Dicho esto, se acercó a la chimenea y avivó con un fuelle las llamas de un leño encendido. Entonces se desnudó, mientras Mary contemplaba con amor y compasión a aquel hombre de anchas espaldas, que, sin embargo, como ahora descubría, estaba terriblemente flaco. Que cerrara los ojos y se acostara a su lado, le ordenó Chris Cramer, de lo contrario le daría una buena paliza. Y ella obedeció.

Al día siguiente, mientras desayunaban, él le explicó que podía quedarse a vivir en su casa en calidad de hija o hermana, ya que, para cuestiones de amor, no se podía contar con él. Qué debía hacer pues, preguntó ella, a lo que él respondió que, en primer lugar, debía aprender correctamente el idioma del país, para no convertirse en la eterna estafada; debía, además, de cara a su futura profesión, visitar y conocer los mercados: el mercado Fulton, por ejemplo, el Paddy's, el Union, próximo al East River. La ciudad estaba repleta de ellos, y si quería ganar un poco de dinero, encontraría seguramente algún trabajito ocasional en alguno, sobre todo en aquellos donde tenían sus puestos y tiendas muchos inmigrantes alemanes. Él, Chris Cramer, cuidaría de ella si lo obedecía, pero, en lo que a sí mismo incumbía, seguiría determinando por su cuenta lo que haría o dejaría de hacer. Había decidido, además, afiliarse a un partido anarquista ilegal, y ya en alguna otra ocasión le detallaría su ideario. Por el momento, la suponía demasiado lerda.

Así pues, Mary acudía a los mercados y hacía sus compras en los puestos regentados por mujeres con ascendencia alemana, donde aprendió cómo en el instante justo se presionaba hacia abajo el brazo de la báscula con la mercancía, a fin de aumentar el peso; cómo las frutas y verduras se exponían de tal modo que arriba quedaran las buenas, las sanas, mientras las podridas se escondían debajo; o, por último, cómo por medio de una cháchara afectuosa, salpicada de preguntas acerca del estado de salud de la familia, las tenderas se las agenciaban para embolsarse una parte del cambio.

XXI

Una mañana llamó a la puerta un mensajero que hizo entrega de una tarjeta. Lo de Al Fogerty, una vez más, no había sido solo fanfarronería. En dos líneas, Monsieur Jules d'Albert convocaba a Mary para una entrevista en el hotel a las tres y media de la tarde. A toda prisa, la muchacha empezó a asearse, se peinó y vistió tratando de hacer el menor ruido posible, a pesar de que sospechaba que Chris Cramer se estaba haciendo el dormido. No obstante, se tomó el tiempo necesario para acicalarse: se empolvó las mejillas —aunque todavía era torpe en ese menester—, se alisó las cejas con un poco de almidón y se frotó la piel con perfume de lavanda. Delante del espejo, comprobó con agrado que el maquillaje la hacía parecer mayor. Se puso su vestido nuevo y, con admirable destreza, se recogió en un moño el claro cabello, dejando algunos rizos sueltos.

Fuera el tiempo era el típico del mes de abril: aguaceros que se alternaban con ratos de sol, razón por la cual Mary decidió buscar un techo donde cobijarse las horas siguientes. Metió en su bolso el papel de carta, un lápiz y un par dólares que le quedaban. Tomó un coche hasta la Trinity Church, donde no había posibilidad de que se le mojaran o ensuciaran la ropa ni las botas. Hizo una breve reverencia, se arrodilló un instante en la casa de Dios, se santiguó sobre la frente, los hombros y el corazón y tomó asiento en uno de los bancos delanteros. Adoraba a Jesús, pero no sentía amor alguno por ÉL. Era incluso la primera vez que pensaba en ÉL después de varios meses; cosas como, por ejemplo, qué profesión podría tener alguien como ÉL en esa ciudad, o cómo hubiera logrado ganarse allí la confianza de doce hombres. ¿Por qué, a lo largo de toda su trayectoria, solo había conseguido convencer a tan pocas mujeres? ¿Por qué ninguna integraba SU séquito? ¿Acaso ÉL se parecía en algo a Chris Cramer? ¿En SU aspecto exterior? ¿Por qué, además, ÉL nunca había hablado de cocina, únicamente de la alimentación de los cinco mil? ¿Sería vegetariano? ¿Quién habría sabido preparar un cordero mejor que ÉL? Entonces Chris Cramer se cruzó en sus pensamientos. ¿Por qué nunca hablaba de ÉL? ¿Cómo hubiera juzgado Jesús a Chris Cramer? ¿Lo hubiera bendecido por su continencia? Y, si no, ¿por qué no lo había dotado de fuerza?

Así pasó varias horas en la iglesia. De vez en cuando entraba alguien, rezaba y, casi en cada ocasión, volvía a salir a toda prisa. Quiso escribir una carta a sus parientes de Rhäzüns, buscó el lápiz y encontró, entre los papeles, una nota doblada varias veces. Era la lista de alimentos que las autoridades migratorias le habían recomendado llevar consigo en el barco: unos veinte kilos de galletas, setenta y tantos de patatas, dos kilos y medio de harina, casi tres de jamón y un kilo de sal, sin olvidar dos botellas de aceite de castaño, cebollas y pimienta, ya que nada iba mejor al estómago, en una travesía tan larga, que una ensalada de patatas. Alguien recomendaba también proveerse de veinte huevos por persona y gran cantidad de fruta seca. Una segunda lista «apremiaba» a incluir también en el equipaje ropa de cama, mantas, un plato, un vaso, una cuchara, un tenedor y un orinal.

La morriña se apoderó de Mary. Después de llorar un rato, empezó a escribir a sus parientes. Se topó, sin embargo, con un obstáculo. Tendría que contarles algo sobre sus padres y hermanos, pero no deseaba causar dolor a los que allá quedaron, tan lejos. Entonces se dio cuenta de que tal vez hubiera perdido la noción del tiempo... ¿Serían ya las tres? Mary recogió sus cosas a toda prisa. Encontró un coche de alquiler y, cuando estaban a cien metros de la puerta del hotel, pidió al cochero que parara. Su intuición le decía que quizá en el hotel no se viera con buenos ojos que los empleados, incluso los candidatos a serlo, se apearan delante de la entrada principal. Mary se recogió la falda y trató de caminar de puntillas. Llovía, y la lluvia se mezclada con copos de nieve.

Al Fogerty la vio acercarse. Aterido de frío, salió presuroso de la portería. No, de ninguna manera. No llegaba con retraso. Ella lo interrumpió con gesto despreciativo, y antes de que pudiera pronunciar el nombre de Jules d'Albert, este —por casualidad o no— apareció en la entrada principal y despidió a Fogerty.

Monsieur Jules d'Albert era un hombre apuesto para los criterios de la época: mentón prominente y afilado, mejillas afeminadas. Era bajito, robusto y de piel tersa. Sus ojos expresaban cierta humilde lascivia. Llevaba el cabello oscuro engominado y peinado hacia atrás. Después de la reverencia de rigor, su manera de estrechar la mano, firme como el acero, fue casi una especie de introducción, ya que, después de todo, estaba tratando con una futura subalterna, y no podía permitir que esta hiciera ningún tipo de pronóstico en lo relativo a su posición en la jerarquía de los empleados. Su mirada recorrió varias veces, con rapidez, el cuerpo de la joven, hasta que por fin se concentró en su cara. Por lo visto, le había gustado. D'Albert le dio instrucciones a un botones para que la acompañara un par de minutos y la condujera más tarde a sus aposentos privados en el hotel. El empleado pareció contar en voz baja aquellos ciento veinte segundos y, pasado el tiempo indicado, estiró el cuello como el pájaro en un reloj de cuco. Mary lo siguió escaleras arriba, hasta la tercera planta, un poco decepcionada al ver que no la llevaba en el ascensor. A fin de evitar cualquier expresión de disgusto, puso aquella cara de indiferencia que había estado ensayando en la iglesia. Al llegar a una puerta sin número, el botones se inclinó, llamó dos veces y se marchó a toda prisa. Una voz apagada le pidió que entrara, pero Mary, terca, se quedó fuera hasta que Monsieur d'Albert en persona, con un mohín de disgusto, le abrió.

XXII

Él, por supuesto, la ayudó a quitarse el abrigo con galantería, pero, de inmediato, con gesto severo y paternal, tomó asiento y dejó que Mary permaneciera de pie. Luego, se dedicó a juguetear con los flecos de terciopelo de un canapé. A medida que hablaba, sin dejar de acariciar los hilos, fue adoptando poco a poco, en una especie de precalentamiento, el papel de *chef de cuisine* comprensivo, alguien que solo dice lo imprescindible. Le preguntó si conocía algún restaurante de tercera categoría, o tal vez uno de segunda, que hubiera contratado a una cocinera. (Los de primera no los mencionó siquiera). Mary, obediente, le respondió que no. Mujeres cocineras en hoteles elegantes no habría hasta el Día de San Jamás, le dijo el francés. En cambio ella —que no debía de haber cumplido los dieciocho— podría encontrar dentro de pocos años un puesto similar en alguna mansión, siempre que mostrara una incansable voluntad para aprender, lo cual, a su vez, no estaba reñido con una buena disposición a la hora de realizar otros trabajos adicionales. Al contrario: era casi una obligación de toda buena empleada llevar a cabo esas tareas adicionales, allí donde alguien hubiera pasado algo por alto. Existía incluso, para ello, una expresión en latín. Y, *à propos*: ¿dominaba ella la lengua latina? Mary negó con la cabeza, pero notó que a ratos Monsieur d'Albert se olvidaba de su acento francés y hablaba de una manera tan vulgar como la de casi todas las personas que había conocido.

El jefe de cocina, al parecer, se percató de ello, ya que apenas ella tuvo su sospecha, él volvió a dotar sus palabras de su gangoso acento francés y le soltó otro sermón sobre la buena disposición de las empleadas y la obediencia. El propio Aníbal había escrito con profusión sobre el asunto, gracias a ello le fue posible cruzar los Alpes con trescientos elefantes. ¿Conocía Mary los Alpes? La joven, cohibida, negó de nuevo, mientras que d'Albert se levantaba y desaparecía detrás de un biombo. Para ponerse una ropa más cómoda, dijo. Mary vio que la parte exterior del biombo estaba decorada con unas figuras chinas. Contempló con timidez las paredes, los adornos y los muebles del salón. Sobre una mesilla de mármol descansaba un tablero de ajedrez con los escaques de un mármol verde claro y oscuro. Observó las columnas jónicas pintadas de rosa, las alfombras persas de Hoboken y los macizos muebles de roble oscuro. Del techo pendía una araña de cristal tan delicada que empezaba a tintinear con un simple bostezo. Pero lo que más atrajo su interés fue una jaula de latón bruñido en la que no había ningún pájaro. En ese instante, Monsieur d'Albert salió de detrás del biombo completamente desnudo y con esbelta virilidad. En actitud coqueta, le hizo señas a la muchacha para que se acercara, apuntando con el dedo índice, en gesto imperativo, hacia la mitad inferior de su cuerpo. Ella, comprendiendo, empezó a quitarse la ropa sin malicia, de un modo pueril, como si se tratase de un envoltorio molesto, irritante sobre todo para los hombres. Sonriente, Monsieur d'Albert se sintió satisfecho de su capacidad para impartir en silencio ciertas órdenes. A continuación, se deleitó con las carnes firmes y la piel tersa de Mary. Cuando por fin alcanzó el clímax, exclamó: «¡María... *Madonna*... María!», a partir de lo cual la muchacha dedujo que la madre de su compañero de lecho no era francesa, sino italiana, tal vez hasta oriunda de Hoboken, como las alfombras persas.

Tras recuperarse un poco, el jefe de cocina le prometió revelarle en los próximos días, por la tarde, una receta especialmente refinada de la cocina francesa, una receta que, aparte de conservarse en su memoria, solo se hallaba a buen recaudo, por escrito, en una caja de caudales de un banco de Boston. Mary no prestó oídos a sus palabras, pero se acurrucó contra su cuerpo. Estaba feliz por el buen comienzo, y hasta pensó en Monsieur d'Albert en términos de sus aptitudes como marido, mientras ella, en calidad de esposa, se desempeñaba en la cocina. De inmediato, reflexionó sobre las consecuencias prácticas de esa nueva perspectiva y comenzó a acariciar la parte central del cuerpo de Monsieur d'Albert, pero este, agotado, le propinó un poco delicado golpe en el costado y le comunicó la hora de la mañana en la que comenzaría, al día siguiente, sus labores en la cocina.

Mary se vistió y se retiró.

XXIII

Jules d'Albert era un tipo asqueroso, y Mary no tardó mucho en averiguar a qué se refería exactamente con su discurso del día anterior. La tenía pelando patatas, picando cebollas y lavando lechugas hasta que sus manos, a pesar de estar acostumbradas al trabajo, se hinchaban y cobraban un color rojo oscuro. Pero ello no le impedía llevarla hasta el sótano durante la media hora de descanso para gozar de ella con prisa de conejos, después de haberle arrancado de un tirón la ropa interior. Cuando acababa, le daba una palmada en el trasero y la mandaba otra vez arriba. Las colegas sonreían con sorna, tampoco a ellas les iba mejor. Cada una de las ayudantes de cocina tenía su *jour fixe* en el sótano y, como Mary, todas habían visto la *suite* de Monsieur d'Albert en una única ocasión.

Mary no necesitó acostumbrarse al calor y al ruido. Sabía, por el viaje en el *Leibnitz*, que ambas cosas formaban parte de la cocina y del arte de cocinar. Pero en el hotel se gritaba más que en la cocina del barco, en la que trabajaban sólo tres personas. Aquí se oía el chocar de los platos, el traqueteo de las tapas de las ollas, y a los camareros enfurecidos que traían de vuelta los platos rechazados por clientes exigentes y quisquillosos.

Mary podía marcharse a las cuatro y media de la tarde, siempre exhausta pero feliz. Se veía cada vez más próxima a su todavía distante meta profesional. A veces, por las noches, se sentía en el deber de consolar a Chris Cramer, ya que este se ponía a hablar a menudo, con mala conciencia, de lo que era un verdadero anarquista, gente siempre demasiado ocupada para dedicarse a un trabajo al uso. Chris leía y leía, y los libros se amontonaban alrededor de su lecho. Conocía a un grupo de gente, casi toda inmigrante, que lo abastecía con material de lectura.

Las expectativas de Mary se vieron defraudadas cuando, al terminar la semana, recibió su sueldo. Una de las colegas más amables le había abierto los ojos, avisándola de que para compensar la exigua paga era preciso echar mano de algunos alimentos y esconderlos bajo la falda. Nadie lo notaría, teniendo en cuenta las cantidades ingentes de materia prima culinaria que se apilaban en los armarios y en el sótano. Pero su amiga se equivocaba: Monsieur d'Albert tenía el robo previsto en sus cálculos. Y así pasaron dos meses, días de duro bregar y noches de dicha junto a Chris Cramer, que a veces también le leía alguna cosa en voz alta, con la esperanza de que le gustara. Hasta que un buen día, en la cocina del hotel, Mary se enteró de que la aguardaba una jornada de intenso trabajo, ya que tres colegas y un cocinero habían enfermado gravemente. Se lo comunicó el propio Monsieur d'Albert, y a Mary la invadió una intensa sensación de angustia que era incapaz de explicar. Algo le aconsejaba que huyera, pero decidió quedarse.

A la mañana siguiente, se ausentaron otros dos cocineros, una cuarta auxiliar (de un total de siete) y un camarero. A juicio de Monsieur d'Albert, no había motivos para preocuparse.

De inmediato, envió una carta de despido a casa de los enfermos y sustituyó a los ayudantes de cocina con un par de desempleados que andaban ociosos por allí. Basta de mendigar, les insistió el *chef de cuisine*. A trabajar. A continuación, los obligó a faenar el doble y les pagó la mitad. Sabía hacer las cosas como es debido.

Al cabo de una semana, fue preciso clausurar el hotel St. Denis. Entre los enfermos se hallaban ahora también dos caballeros muy conocidos en la ciudad que se habían reunido en el hotel para un almuerzo de negocios. En cuanto tuvieron los primeros síntomas, en ambos casos muy parecidos, los señores informaron de inmediato a las redacciones de los periódicos: a juicio de los redactores, el mundo podía causar un mal a un rico, pero no a dos al mismo tiempo y en el mismo lugar. Como los dos caballeros habían dejado tiempo atrás sus años de mayor fuerza —«en compañía de mujeres demasiado ágiles y apostando por caballos demasiado lentos» (expresión en boga por entonces)—, y como, además, estaban sobrealimentados, pronto el cielo se apiadó de ellos y fueron llevados a la tumba. El día que murieron, los vendedores de periódicos se desgañitaron anunciando: «¡Ha muerto míster Stewart Kinstler! ¡Ha muerto míster Everett Douglas! ¡El hotel St. Denis! ¡La peste! ¡La peste! ¡La peste!».

Monsieur d'Albert despidió al personal de la cocina con un pago a modo de indemnización: siete dólares a las ayudantes y diez dólares a los cocineros. Pero entonces sucedió algo inesperado. Mientras que los cocineros y las ayudantes aceptaban dicha suma con apatía, Mary, con visible expresión de enojo en su mirada clara, se mantuvo al fondo, sin acercarse al jefe, hasta que todos se marcharon. Y no tuvo remilgos a la hora de plantear sus demandas: no solo exigió que le entregaran en mano tres veces su salario —ya que, en caso contrario, informaría a la prensa sobre ciertas condiciones laborales—, sino que le dictó al jefe de cocina, que de francés solo tenía el bigotito y el apellido, un documento en el cual se le reconocía su condición de excelente cocinera. Monsieur d'Albert (a veces incluso la vileza tiene estilo) hizo lo que la joven le ordenaba sin la menor vacilación. Incluso la despidió con una sonrisa y una reverencia.

Trabajar con Monsieur d'Albert había resultado provechoso para Mary en todos los sentidos. Había tenido siempre a mano un lápiz y un pliego de papel en el que anotaba todas las especias, ya fuera para preparar verduras, pescado o carne, y su memoria guardaba con exactitud fotográfica la decoración de exquisitos manjares servidos en fuentes de plata o de porcelana. Su sensible olfato había aprendido a distinguir, con la precisión de un sismógrafo, el color que debía tener una salsa, por ejemplo, a fin de estar en consonancia con su aroma. También había aprendido a desdeñar el boato excesivo en la presentación de ciertos manjares que no necesitaban ser disimulados con ornamento alguno. Mary quería cocinar para gente a la que le gustase comer, no para sujetos con ínfulas y derrochadores. Eso sí, tenían que ser señores con cierta distinción, no masas de comedor obrero, en el sentido que hoy le damos. Optaba firmemente por el pan de grano grueso, en lugar de por los panecillos blancos, y prefería las frutas frescas, no en almíbar. Como cronista, no puedo más que secundarla en sus gustos. «Con un buen pan se soporta hasta la alimentación más grosera, y sin un buen pan, no es posible disfrutar ni de la mesa más suntuosa», escribía una tal Mary Cornelius en su libro de cocina *The Young Housekeeper's* Friend en el año 1845, es decir, un cuarto de siglo antes de que Mary Mallon naciera.

El talento es talento: capta con intuición lo ya logrado, a la vez que desarrolla habilidades en terrenos nuevos, inexplorados. En el caso de Mary, se trató, por supuesto, de un proceso individual. Su formidable talento quedó circunscrito a las sopas, el pan, los asados, las verduras, las ensaladas y los postres. Después del amor, la comida es lo más importante en la vida de un ser humano, y quien considere que la política lo es más, haría bien en tener en cuenta que esta, en el fondo, es solo consecuencia de la falta de comida y de amor.

La época que vino a continuación no fue particularmente buena para Mary. No resulta difícil imaginar que, durante algún tiempo, aquel documento redactado por el jefe de cocina del hotel St. Denis se consideró cualquier cosa menos una buena recomendación. Eso ya lo supo de antemano el propio Monsieur d'Albert, mientras sonreía con malicia. De modo que Mary trabajó varios meses como planchadora o lavandera en un nuevo hotel, aunque de vez en cuando se colaba a escondidas en la cocina para olisquearlo todo, como una gata.

Un buen día inició una relación con el cocinero, pero esta duró poco: el hombre era un buen amante, pero pésimo en los fogones, con lo cual el asunto quedó concluido para ella.

Encontró más tarde algunos empleos como ayudante en casas particulares. Pero rara vez se quedó en ellas más de un par de semanas, sobre todo porque siempre acababa discutiendo con la cocinera de los dueños cuando, sin su permiso, Mary levantaba las tapas de los calderos, criticaba sus platos o la acusaba de inepta. Es cierto que tenía razón la mayoría de las veces. Los americanos son bastante contumaces en sus hábitos culinarios. Lo eran ya entonces, y cuando alguien era capaz de preparar cuatro o cinco platos determinados que satisficieran a una familia, podía contar con un empleo vitalicio. A veces, en cambio, la propia señora de la casa no tenía nada mejor que hacer que espiar al personal de servicio o tentarlo, aunque fuera con un billete de un dólar. Un viejo truco: se dejaba caer en la escalera, «como por azar», un dólar, y se esperaba hasta ver si la empleada devolvía el dinero encontrado o se quedaba con él. Una prueba de confianza que Mary superó siempre con éxito, ya que recogía el billete y se lo entregaba a su dueña con irónica reverencia. Aunque a veces también entraba en erupción su impetuosidad de mujer de campo (una especie de atavismo, cierta dependencia anímica del clima, causada, de repente, por una granizada). En esos casos, se hacía con una docena de puntas y clavaba el billete en la escalera. Eso significaba, por descontado, el despido inmediato. Pero con excepción de esos temperamentales arranques, la gente la apreciaba por su alegría y su vivacidad: los niños la adoraban porque ella misma era todavía un poco niña, y los señores por su bonito aspecto.

El mundo, mientras tanto, giraba.

En 1873, Mijaíl Alexandróvich Bakunin publicó su libro *El Estado y la anarquía*, Nietzsche había concluido *Las consideraciones intempestivas*, Bruckner terminó su *Sinfonía n.° 3 en re menor*. Un año después, en 1874, nació Winston Churchill, que fue, por cierto, un auténtico fracaso hasta la segunda mitad de su vida; Emil Zola escribió *El vientre de París*, un libro que, sin duda, habría despertado el interés de Mary, y Johann Strauß, el hijo, se convertiría en inmortal hasta la mitad del siglo siguiente con *El murciélago*. Además, la producción industrial de

Inglaterra se vio superada por su antigua colonia, hoy llamada Estados Unidos. En 1875, a Bismarck lo llenó de indignación el rearme francés, y algunos cínicos empezaron a garabatear las paredes de los retretes de la universidad con consignas como: «El socialismo es el opio del proletariado». Helena Blavatsky fundaba aquí, en Nueva York, la Sociedad Teosófica, cuya expresión máxima fue la antroposofía de Rudolf Steiner. En 1876, *Carmen*, de Bizet, celebró su fracaso en París, en Inglaterra alguien inventó una bicicleta con marcha atrás, y en Birmingham, durante la primera carrera de seis días, se vio por primera vez, con placer, a damas de la sociedad enfundadas en polisones, es decir, bien acordonadas hasta la cintura y con una considerable y acolchada cola de pato en los traseros.

En 1876 Mary Mallon iba camino de su primer empleo como cocinera doméstica. Lo había conseguido sin mediación de agencias ni recomendaciones, gracias a un anuncio un tanto rimbombante aparecido en un periódico.

XXIV

Nos encontramos en Brooklyn, calle Pierpont, en la residencia familiar de cuatro plantas del señor Louis Kotterer y su esposa Gwendolyn, de soltera, De Roche. El señor Kotterer era un caballero robusto de unos cincuenta y cinco años o más al que no le quedaba ni un solo pelo en la cabeza. Su esposa, de cuarenta y siete, era una mujer de aspecto delicado, un rasgo que entonces se consideraba muy francés en el caso de las damas. Tres hijos: los mellizos, cuyos nombres de pila eran Raoul y Louis junior, y Catty, su hermana. Catty tenía poderosas caderas, pero un cuello demasiado largo. Angela, la empleada doméstica, una cuarentona natural de Palermo, daba a conocer a través de sus melancólicas canciones que no había encontrado un hombre con el que casarse y tener hijos. Era muy devota de Mary, cosa que a ella le agradó sobremanera, aunque no lo comprendiera.

Por medio de Angela, Mary supo todo lo digno de saberse en aquella casa: que Catty, por ejemplo, decoraba su ropa interior con pétalos de rosa cuando iba a reunirse con un amante, por lo que a más tardar a la mañana siguiente se sabía si se había llegado o no a ciertas intimidades. Si no era ese el caso, los pétalos de rosa yacían esparcidos sobre la alfombra de su habitación. Si, por el contrario, no se encontraba ninguno, era porque Catty, lógicamente, los habría dejado en otra parte. Raoul Kotterer, el menor de los mellizos, estudiaba tecnología y había inventado un aparato que lo despertaba cuando tenía una erección. Pasaba horas enteras ejercitando su cuerpo con levantamientos de pesas, una de las cuales le había aplastado dos dedos del pie izquierdo, razón por la que cojeaba un poco. De espíritu complicado era Louis Jr., el primero en nacer de los mellizos, que escribía en su diario hasta altas horas de la noche, todo porque lo llamaban «junior», a pesar de haber visto la luz del mundo ocho minutos antes que su hermano Raoul y, por lo tanto, ser oficialmente el hijo mayor. Había anhelado ser oficial de la Marina, pero tuvo que renunciar a ello por tenerle miedo al agua. También por eso nunca aprendió a nadar, aunque se le veía a menudo por las zonas aledañas al puerto, siempre en compañía de jóvenes marineros. La noche en que, durante la cena, mostró el ancla que se había hecho tatuar en el brazo, a su madre le salió un herpes zóster a causa del enojo. Pasó noches enteras gimoteando y hablando en francés en sus delirios. Todo muy desagradable, ya que, aparte de ella, nadie más en la familia dominaba ese distinguido idioma. Su recuperación fue muy lenta.

Louis Kotterer de Roche era dueño de un banco cuyo local era apenas más grande que un *drugstore*: nunca se había visto a nadie que abriera una cuenta en su establecimiento, lo cual era comprensible, ya que este banquero era lo que se dice un *loan shark*, un usurero, un prestamista depredador. Su filial concedía préstamos a corto plazo con intereses del ciento por ciento. Ese era el motivo por el cual en la planta superior del banco, situado en la avenida Flatbush, había siempre cinco muchachones, todos chinos, que mataban el tiempo jugando a las cartas y que, en caso extremo (y los casos extremos eran frecuentes), solo entendían el idioma chino. El infeliz que no cumpliera con un plazo ya podía correr a ocultarse donde buenamente pudiera, que tras un primer retraso en el pago acababa despertando en el hospital Bellevue, y después de un segundo, la mayoría de las veces ya ni siquiera despertaba.

De esa índole fueron las informaciones que le proporcionó Angela, cuya tarea era llevar las comidas de la cocina al comedor. La primera noche, por supuesto, el señor Kotterer presentó a la nueva cocinera ante la familia, pero nadie se dignó a mirarla siquiera. Se limitaron a inclinar las cabezas y juntar las manos para la oración. Esa es una ventaja de la devoción religiosa: uno puede poner la propia arrogancia en las manos invisibles de Dios.

Una noche Mary decidió preparar una cena italiana. Hizo servir primero una ensalada mixta, seguida de conejo asado con polenta y, de postre, melocotones helados. Los miembros de la familia se miraron sin decir palabra y dejaron sobre la mesa el cuchillo y el tenedor. No transcurrieron ni cinco minutos cuando Angela regresó a la cocina con las fuentes, seguida por el señor Kotterer en persona. Con voz en absoluto hostil, el dueño de la casa le dijo a Mary que estaba despedida, ya que su idea de una buena comida, y también la de su familia, eran unos chuletones. Dicho esto, sacó de su billetera el sueldo entero de una semana. Ella le dio las gracias y dejó que Angela sirviera el postre: las mitades de unos melocotones helados, con almíbar y nata montada. El postre pareció gustar. En cualquier caso, a su oído atento llegó el ruido de cubiertos y chasquidos. Por desgracia.

Mary abrazó a la llorosa Angela y abandonó la casa de la calle Pierpont.

Cuando el *Times* publicó al mismo tiempo las esquelas de la señora Gwendolyn Kotterer-de Roche y de su hijo Louis Jr., Mary había conseguido ya un nuevo puesto de trabajo. Ni se enteró del acontecimiento. Tampoco supo que el señor Kotterer, golpeado por el destino con más violencia que algunos de sus clientes (al menos eso pensaba él), empezó a cobrar a partir de entonces intereses del 75 % por sus préstamos a corto plazo. De modo que la vida también tiene su lado bueno.

XXV

En la actualidad solo existen chimeneas abiertas en las casas de la gente adinerada de esta ciudad. Únicamente la leña, a la venta en las floristerías en fardos de tres a cuatro kilos, es tan cara como lo era hace cien años la madera de sándalo. Ahora bien, el que por Navidad o Año Nuevo quiera disfrutar de ese placer que es estar sentado junto a un hogar, no tiene más que encender el televisor: habrá como mínimo un canal que durante las pausas —lo mismo temprano por la mañana que al final de las transmisiones, a altas horas de la noche—, muestre la imagen de una magnífica chimenea de llamas crepitantes, sin riesgos ni olores, y sin emisión alguna de calor, un fantasmal engendro de la era electrónica. Qué enorme, en cambio, la alegría infantil de los artistas italianos cuando, empleando la técnica del trampantojo, pintaron ventanales cerrados en las paredes desnudas de las casas.

En fin, si treinta años atrás se me hubiese ocurrido pensar que un día vería unos estanques de forma rectangular, con una superficie igual a la de una piscina pública y poco más de dos metros de profundidad, empleados como viveros en la cría de truchas, nadie, seguramente, lo habría dudado. Tal vez existieran ya hace cincuenta años. Ahora bien: si les hubiera vaticinado a unos hombres adultos, aficionados a la pesca de domingo, que en lugar de acomodarse a orillas de un lago canadiense con la indumentaria de un pescador profesional lo harían delante de un estanque artificial, con el gorro impermeable calado sobre la frente y todos los accesorios necesarios de un pescador de oficio, pero con el único fin de pescar truchas de vivero, es casi seguro que se hubiesen reído de mí. Y más se hubiesen burlado de haberles asegurado yo que pagarían su entrada —cinco dólares o más—, y que, cuando por fin lograran que una trucha de vivero mordiera el anzuelo, estarían obligados a cumplir con las disposiciones y desenganchar al pez con cuidado para devolverlo al estanque de hormigón.

Mi hija Lea ha venido a pasar el fin de semana y ha insistido en leer lo que llevo escrito hasta ahora. Ha dicho que no puede concentrarse en mi presencia y ha desaparecido con el manuscrito en su habitación, que se mantiene como cuando estudiaba secundaria: paredes cubiertas con banderines de toda índole, diplomas, y hasta dos desvencijados animalitos de tela.

Admito que la esperé con bastante nerviosismo. ¿Qué le parecería? ¿Demasiado grotesco, tal vez? Lea tiene un gran sentido del humor, que solo pierde cuando se le pregunta si aún no ha encontrado su media naranja.

Hojeé sin interés los voluminosos suplementos dominicales del *New York Times*, sin los cuales no se puede vivir en los círculos que frecuento. Al menos se hace como si así fuera. Pero ¿a qué viene lo de los «círculos»? ¡Qué palabreja! Ni siquiera frecuento a otros colegas.

Cuando por fin mi hija regresó, carraspeó y dejó el manuscrito sobre el escritorio.

Sí, sí, le ha parecido «okay». Se mantuvo fría. Como un médico.

Y qué más, quise saber.

Lea se encogió de hombros, se dejó caer en un sillón y sacó de su bolso una cajetilla de Marlboro.

—Supones que tengo predilección por las niñas pequeñas, ¿verdad?

Como padres, es más frecuente que sintamos vergüenza ante nuestros hijos que al revés.

—¿Por qué no ibas a tenerla? —preguntó ella—. A fin de cuentas te hiciste pediatra, no gerontólogo.

—Es cierto —afirmé, y por un instante sentí perplejidad—. Bueno ¿qué más? ¿Te parece demasiado grotesco?

—¿Y por qué iba a parecerme «demasiado grotesco»? —preguntó ella a su vez.

—Me refiero al modo en que muere la gente. ¿No estaré demasiado curado de espanto por mi profesión?

—Lo estás, por supuesto, pero no más que cualquier lector habitual de periódicos.

Sentí un poco de malhumor, y empecé a defenderme de algo de lo que no me había acusado. Dije más o menos que morir era siempre algo trágico desde el punto de vista contemporáneo, también para el individuo, en especial para el individuo. Pero que visto en la distancia del tiempo, todo se reducía, y lo que una vez había sido la realidad se transformaba como las imágenes que reflejan los espejos deformantes en las ferias. Hoy, de hecho, los niños se divierten con las historietas que muestran a los cristianos que Nerón o algún otro emperador arrojaba a los leones en la arena.

Lea me interrumpió algo bruscamente.

¿Con quién pretendía desperdiciar mi tiempo?, preguntó. En definitiva, se trataba de un relato, no de un informe médico. Había usado la palabra *story*. Entonces añadió:

—Cuando éramos niños nos contaste cientos de veces la historia de María Tifoidea, y siempre te reías. También nosotros nos reíamos.

Yo estaba asombrado.

—Tal vez te convenga ver a un gerontólogo —sugirió Lea—. Tu memoria ha disminuido de manera considerable. Una vez incluso inventaste una historia acerca de cómo Mary tuvo que servir un refrigerio en una reunión de codiciosos herederos. Cocinó para un abogado cuya misión consistía en propiciar un acuerdo entre los querellantes, que incluso llegaron a las manos. Recuerdo que, en todo caso, después de cinco horas, el abogado tuvo que mandar a esa gente a casa y posponer tres semanas la siguiente reunión.

—¿Y qué pasó? —Aquello me divertía.

—Pues que toda la parentela murió de tifus y el dinero fue a parar íntegramente a manos de un sobrino holgazán.

—¿En serio? —pregunté, y le pedí entonces que me contara otras historias sobre Mary que yo mismo les hubiera relatado.

En eso sonó el timbre de la puerta.

—Sigue inventando los modos en que moría la gente —dijo Lea—, pero que sean ricos. El único que consiguió describir bien la muerte de los pobres fue Charles Dickens, ¿no te parece? Además, solo la gente acomodada puede permitirse una cocinera. —Dicho esto, se levantó y me besó en la frente—. Que duermas bien, Dad, y no abuses de tu profesión en contra de ti mismo —añadió, refiriéndose a los medicamentos.

XXVI

La pareja formada por O'Brien y Appleton-Jones vivía en la esquina de la avenida Madison con la calle 36, en el barrio de Murray Hill. Las paredes, según la moda del momento, estaban revestidas con un terciopelo de color verde oscuro. Había por todas partes imponentes sillones de terciopelo y sofás de felpa, todo dispuesto en un orden irritante: cada asiento y cada silla se habían colocado con los respaldos apoyados unos contra otros, como se ve a menudo en los salones de ciertos hoteles. El señor John O'Brien, agente inmobiliario y cónsul honorario de Argentina, así como la señora Joan Appleton-Jones, su cuñada viuda, convivían en esa casa. O'Brien donaba enormes sumas de dinero a la asociación de ciegos y débiles visuales, ya que unos años atrás, en un baile de beneficencia, un amigo y él chocaron con tal violencia sus copas a la hora de brindar que las dos se hicieron añicos y una astilla de vidrio fue a clavarse en el ojo derecho de O'Brien, destruyéndole la pupila. Desde entonces ambos amigos interrumpieron todo tipo de contacto.

La señora Appleton-Jones vivía en esa casa, casi siempre en penumbra, desde la muerte de su marido. Padecía de úlceras varicosas en las piernas, y se había convertido al catolicismo porque creía ver una relación causal entre sus piernas ulceradas y los estigmas de Cristo. En realidad, su comida preferida eran los pepinos y las bananas. Ingería cantidades enormes de esta fruta, cuya piel arrojaba al suelo desde su poltrona, como si de pronto se hubiera hartado. Se entiende que las empleadas domésticas no aguantaran mucho, dejando plantada a la pareja. Además, solían tener unas discusiones tremendas, ya que el señor O'Brien había resbalado varias veces al pisar una piel, viendo peligrar así el ojo que le quedaba sano.

Mary llegó para ocupar su nuevo puesto de trabajo en el preciso momento en que el señor O'Brien había vuelto a perder el equilibrio por culpa de una piel de banana, dando con sus huesos en el suelo. Mary alcanzó a prestarle los primeros auxilios y ponerle un apósito en la frente. La señora Appleton-Jones, que presenció toda la escena mirando por encima del hombro a través de sus impertinentes, sacudió la cabeza con disgusto. El señor O'Brien estaba todavía sin aliento. Dijo que por el momento no le apetecía comer nada, solo dormir, y le explicó a Mary, con palabras algo bruscas, dónde podría encontrar su habitación.

A la mañana siguiente, a las siete, cuando la joven se levantó y bajó a la segunda planta para empezar a recoger, encontró una lista de la compra que era un verdadero insulto a su inteligencia culinaria. Debía comprar bananas, unos tres kilos, pepinos kosher, huevos y pan integral ruso. El señor O'Brien, por su parte, deseaba ver bien surtido su armario de los licores. A partir de una docena de botellas vacías, Mary no consiguió hacerse una idea de cuál era la bebida favorita del señor. Por lo visto, no tenía ninguna preferencia. *Just booze*, simplemente alcohol. En lo relativo a la comida, le gustaban las chuletas de cordero y las judías verdes. Mary perdió dos horas buscando una panadería que tuviera pan negro ruso. Ningún panadero quiso decirle dónde hallarlo. Como a eso de las once los nuevos señores seguían durmiendo, aprovechó para darse un paseíto hasta la vivienda que compartía con Chris Cramer.

A las dos de la tarde la pareja continuaba durmiendo en sus habitaciones separadas. Encima de una mesilla había una copa y una botella empezada, de modo que por lo visto el señor O'Brien se había levantado durante ese tiempo y se había permitido tomar un aperitivo para después regresar a la cama.

Aquella noche, de cena, Mary frio dos chuletas de cordero y coció las judías, pero al señor O'Brien le pareció que estaban demasiado duras. Mary las puso a cocer de nuevo y las dejó en el fuego hasta que se deshicieron. Por lo visto le gustaron de ese modo, pues le dedicó un gesto de aprobación, tras lo cual la señora Appleton echó mano de sus impertinentes y clavó los ojos en ella. Cuando acabaron de cenar, Mary tuvo que llevarle al señor una palangana de cobre con agua de mar para que hiciera su lavado de pies, y cada cuarto de hora debía añadir agua caliente a la jofaina.

La señora Appleton nunca le fiaba el dinero para las compras, sometía las facturas a un riguroso examen y solo entonces, mientras masticaba una banana, reponía los gastos contando cada penique.

La mañana de su decimotercer día de trabajo, Mary oyó las quejas y los gemidos de la señora Appleton-Jones y acabó entrando en su habitación sin llamar. Se quejaba de dolor de cabeza y sangraba por la nariz. Como las ventanas estaban cerradas, Mary notó enseguida el mal olor de los excrementos. Le llevó un vaso de agua y una jarra de té que dejó sobre la mesilla de noche. Luego, con enérgicas sacudidas, despertó al señor O'Brien, que por lo visto estaba resacoso, motivo por el cual le molestó doblemente que lo levantaran tan temprano. Solo cuando Mary le vertió en la cara un vaso entero de agua se incorporó enfurecido, y entonces le arrojó una almohada y, a gritos, le ordenó que abandonara su casa al momento. Mary obedeció de muy buena gana, sacó veinte dólares del mal escondido cofrecillo de la señora Appleton, hizo la maleta y se marchó.

Chris Cramer, sorprendido de verla regresar tan pronto con la maleta, le hizo algunas preguntas, pero como ella se negó a responder, acabó guardando silencio.

Al día siguiente, Mary Mallon salió a dar un paseo por Murray Hill en busca de la panadería donde vendían aquel pan negro ruso, pero la tienda estaba cerrada. «Por muerte de un familiar». Preguntó a unos vecinos a los que conocía de vista, y fue así como se enteró del fallecimiento de la mujer del panadero, acaecido la noche anterior. Se suponía que a causa del tifus. O tal vez fuera una epidemia, ya que a la señora Appleton, ahora en coma, le habían diagnosticado la misma enfermedad. Mary se alejó de allí a toda prisa.

Una vez en casa, se tumbó en la cama e intentó ahuyentar sus presentimientos como si fuesen pesadillas. Chris Cramer le leyó pasajes sacados del periódico: medio barrio había enfermado de tifus.

—¿Qué es el tifus?

—Una enfermedad que se contrae por el agua contaminada —le contestó Chris—. Y no es de extrañar, toda el agua de la ciudad está contaminada, pero los ricos se hacen traer el agua potable de las montañas.

—Disparates —dijo Mary, no sin cierta presunción. Ella jamás había visto en las casas de los ricos agua fresca de las montañas; además, algunos habían muerto por esa misma enfermedad.

—Puede que tengas razón desde un punto de vista filosófico —dijo él, y acto seguido se sumió en la lectura de un libro cuyo autor demostraba que solo la gente adinerada podía sacar provecho del progreso tecnológico. Mary le comunicó que no trabajaría más como cocinera, sino a destajo en una fábrica textil.

El trabajo a destajo la sumía en una especie de modorra, y en una ocasión hasta llegó a soñar que tenía un hijo. Una vez el jefe de su sección la invitó a tomar una cerveza, y Mary estuvo flirteando con él en una tabernucha. Era un mocetón alto y de cabello oscuro, también muy apuesto, y en una ocasión Mary lo había seguido hasta el almacén, donde se apilaban los rollos de tela, y dejó que él la hiciera suya, al principio con indiferencia, pero más tarde, al imaginar la envidia de sus compañeras, disfrutando del asunto. Media hora cada mañana y media hora cada tarde. Menuda tarea para un jefe del sexo masculino. Cuando dejó de menstruar, pasó varios días angustiada. Por más que deseara tener un hijo, sabía que eso significaría el fin de su casto matrimonio con Chris Cramer. Y no le merecía la pena perderle por un hijo no nacido. Renunció pues a su empleo y pasó muchas horas en la iglesia, suplicando a Dios Todopoderoso que, dada su especial situación, fuera comprensivo con ella. Su argumento era que Dios mismo había tenido que enfrentar ciertos problemas terrenales a raíz del nacimiento de su hijo. Y esa misma noche obtuvo la prueba de misericordia cuando Chris Cramer le preguntó si no quería que le buscase un amigo con el que engendrar un hijo.

Mientras ella lo abrazaba, agradecida, los retortijones en el bajo vientre le indicaron que ya no tenía motivos para angustiarse.

A partir de entonces se mostró más precavida, intentó no caer en tentación. Por espacio de casi un año —una de las mujeres del mercado, de ascendencia alemana, le había conseguido aquel trabajo—, recibió un bonito salario por limpiar cada semana un elegantísimo apartamento, de aspecto bastante singular, perteneciente a un tipo excéntrico de barba pelirroja llamado Robert Diffany. Una mañana encontró el apartamento vacío, y a unos obreros arrancando el papel pintado de las paredes.

No tardó en encontrar un nuevo trabajo como ayudante de cocina en la vivienda de una tal Mrs. Perry Bould, viuda de un abogado matrimonialista al que la mujer de un cliente había asesinado de un tiro. Después de un mes trabajando allí, murió la cocinera de los señores, y un día después de su entierro, murió también la señora Bould. Mary fue cambiando sucesivamente de trabajo: uno en la casa del matrimonio Brettschneider (Ralph Brettschneider[1] era el propietario de una funeraria y de una fábrica de ataúdes). Él y su mujer murieron. Otro en la vivienda de un peletero, Thomas Bergen, quien, presuntamente, murió tras haberse hecho un corte en el pulgar mientras preparaba la piel de un zorro envenenado. Mary había cocinado para él. Ayudó en los preparativos de una boda. Los periódicos hablaron de una nueva ola de tifus. Pero yo prefiero perder el rastro de Mary por espacio de un par de años.

[1] *Brettschneider* significa, literalmente, el que corta tablas. (N. del T.)

XXVII

A comienzos de la nueva década, el apodo de Mary empezaba a convertirse en algo fantasmagórico, casi proverbial, y no solo en Nueva York, sino también en otras grandes ciudades vecinas del este del país, sobre todo en Boston y Filadelfia. Estoy bastante convencido de que a mi abuelo no le faltaba razón cuando supuso que Mary se hallaba en Filadelfia a principios de la década de 1880. «*Good old Mary in Philadelphia now*», leo ahora en su agenda, en cuyo margen trazó tres signos de interrogación y tres de admiración. Es probable que partiera de manera precipitada: en un editorial sobre temas locales, la redacción de un periódico de Filadelfia rogaba a la cocinera de la familia J. L. Otis-Berenson, cuyo nombre era Mary Martens, presentarse de inmediato en su sede o en casa de la familia mencionada, en vistas de que, cuando los dos niños de la casa enfermaron de tifus, la mujer se había ocupado de cuidarlos con total altruismo... Tras una nueva serie de casos, Mary regresó a Nueva York. También George A. Soper nos hablaría mucho más tarde de unas declaraciones que le hiciera la propia cocinera, según las cuales ella siempre había considerado Nueva York una patria, el único lugar en el que se había sentido como en casa después de aquella travesía marítima realizada durante su infancia. La breve estancia tuvo lugar en 1882, el año en que nació Franklin Delano Roosevelt y murió Ralph Waldo Emerson. En esa misma ciudad adoptiva de Mary, Edison había construido la primera central eléctrica, y Robert Koch, del que hablaremos más adelante, descubrió el bacilo de la tuberculosis.

En cualquier caso, fue a mediados de 1883 que Mary apareció de nuevo en Nueva York y publicó otro anuncio, algo más modesto que el anterior, en el que no ponía sus artes culinarias en el centro de la atención, sino más bien sus aptitudes como cuidadora de ancianos y sus conocimientos sobre dietas alimentarias.

Recibió la primera respuesta al día siguiente: una curiosa carta firmada con unas iniciales. Debía presentarse el miércoles siguiente, a las once de la mañana, en Washington Square, y adherir una cinta amarilla en su sombrero para que el cochero pudiera reconocerla. Sobre el salario, llegarían a un acuerdo. Si no le interesaba el ofrecimiento, bastaba con no presentarse a la cita. Muy atentamente. En absoluto la intimidó el comentario de Chris Cramer, según el cual podía tratarse de la invitación de un asesino con motivaciones sexuales. Mary se presentó en Washington Square media hora antes de lo acordado. Llevaba en el sombrero de paja una satinada cinta de color amarillo. En la carta no mencionaban número de edificio alguno ni una esquina en la que debiera esperar. Se paseó nerviosamente de un lado para el otro. Cuando el reloj marcó las once en punto, oyó a sus espaldas el ruido de unos cascos, y una voz masculina que ordenaba a los caballos detenerse con un leve «Sooooo...». El carruaje era de color azul oscuro, y el cochero sentado al pescante llevaba un bicornio de estilo bonapartista. Se abrió la puerta, y la mano de un hombre la ayudó a subir. Los cristales de las ventanillas estaban tapados con papel negro en el interior, y durante los primeros minutos Mary solo alcanzó a reconocer la silueta de un hombre. Cuando por fin se atrevió a observar con mayor detenimiento, advirtió que su acompañante tenía la parte inferior del rostro cubierto por una bufanda. ¿Permanecía callado o acaso el traqueteo de las ruedas sobre el pavimento ahogaba sus palabras? Mary se mantuvo a la espera, presa del miedo. ¡Por amor de Dios! ¿Por qué había subido a ese coche?

Por último, los rumores de la ciudad se disiparon, y ella creyó escuchar el gorjeo de unas aves. Ahora avanzaban con mayor ligereza y suavidad. Algún camino rural, tal vez. Mary se asustó cuando el hombre sentado a su lado empezó a hablar.

—Trato con usted por encargo de una personalidad importante —dijo—. Nos quedan todavía algunas horas de viaje. La persona que me contrata la visitará, posiblemente, dentro de pocas semanas, pero me ha pedido que, durante el viaje, la ponga al corriente, sin embellecer nada, de la difícil tarea que le espera. De modo que le revelaré, antes que nada, en qué consiste esa dificultad. Se trata del cuidado de una niña, una criatura anormal, mongoloide. ¿Me entiende? —En tono susurrante, Mary respondió que sí—. No hace falta discutir sobre sus honorarios. —Ella asintió con la cabeza—. La tarea no es fácil. Usted atenderá a la pequeña, la llevará a pasear, jugará con ella y le preparará sus comidas favoritas, las que le gustan a cualquier niño: crepes, arroz con leche y compota de manzana; de vez en cuando, algo de carne picada. Ya sabe. —Por un momento, Mary se quedó petrificada—. Esa niña necesita cuidados, aunque tal vez no por mucho tiempo. Se sabe que las personas mongoloides pocas veces alcanzan la edad de un Matusalén —dijo el hombre con frialdad.

Se hizo silencio. Un silencio que se vio interrumpido cuando un rebaño de ovejas les cortó el paso y se oyó la voz del cochero al reprimir una palabrota.

—¿Está usted dispuesta, en principio? —Mary asintió—. Excelente —comentó el hombre—. La casa es grande, enorme. Le gustará. Todos los días vendrá a verla, desde Port Chester, un garante, una persona de confianza de mi cliente. Él se encargará de comprar en el pueblo todo lo que necesite, alimentos y demás. Si tuviera usted algún deseo en particular, él me lo hará saber —dijo, y, tras una pausa, añadió—: Conocemos sus relaciones con un joven llamado Chris Cramer, estamos informados sobre sus ideas políticas, pero no nos incumbe. Mi cliente está de acuerdo en que él la visite. Pero nos vemos obligados a exigirle a su amigo la discreción más estricta, del mismo modo que usted, distinguida señorita, puede contar con la nuestra. Nosotros, mi cliente y yo, la hemos mantenido bajo vigilancia durante mucho tiempo. No podemos emitir juicio alguno sobre las razones médicas. —Hizo otra breve pausa—. Pero usted es portadora de la muerte. —Mary, horrorizada, dejó escapar un sollozo y se cubrió el rostro con ambas manos.

—¡No, no, no! —gritó—. Eso no es cierto, es mera casualidad. Una mentira o una casualidad. ¡Jamás le haría daño a nadie! ¡Jamás!

El hombre le puso el brazo alrededor de los hombros para tranquilizarla.

—Cálmese, señorita, no tiene usted culpa de nada. Ha sido una trastada más de la naturaleza. Fue eso, precisamente, lo que despertó nuestro interés. Por favor, no se preocupe y olvide mis palabras. Una temporada en el campo no le hará daño. Tranquilícese, todo está bien.

No hablaron más. Se oyó entonces la voz del cochero exhortando a los caballos, con palabras afectuosas, a que se detuvieran.

—Baje y eche una ojeada a su alrededor. —La voz del hombre volvió a cobrar un tono imperioso—. Tómese su tiempo. La esperaré.

Cuando descendió del coche, la impresionaron la soleada fachada de una casa pintada de blanco, construida en el estilo neogriego del sur, y las ramas de unos olmos gigantescos que ascendían hacia el cielo por encima del tejado, cubierto por su sombra. En el marco de la puerta apareció la figura de una niña de unos cuatro años; una niña con una sonrisa radiante y llena de confianza inocente, que le tendió los brazos. Mary le devolvió la sonrisa, rio; luego se arrodilló y estrechó a la pequeña entre sus brazos, la cubrió de caricias y besos. Acto seguido, se incorporó, caminó con prisa hasta el carruaje, cuya portezuela se abrió desde el interior, y una vez más la voz del hombre la invitó a subir.

—Sí —dijo Mary—. Cuidaré a la niña, la cuidaré del mejor modo posible, dígaselo a su cliente. ¿Cómo se llama?

—Carolina —respondió él—. Solo Carolina, ¿entendido?

—Sí —repitió ella—. Carolina.

XXVIII

Mary no echó de menos Nueva York ni sintió deseos de ser la cocinera de unos señores. Carolina le brindaba su amor espontáneo, como sucede a menudo con esa clase de niños, despertando su instinto maternal de un modo tan repentino como ilimitado. Ese mismo instinto le decía que a aquella niña no podía ocurrirle nada malo. Cada día, antes de irse a dormir, Mary comunicaba a Dios en sus oraciones que si Carolina llegaba a sufrir algún tipo de daño, ella pecaría contra su mandamiento y se quitaría la vida.

Mary jugaba con Carolina o la dejaba jugar a solas, pero siempre diligente, sin perderla de vista ni un instante. Volvió a practicar la jardinería y la horticultura, tal como había aprendido cuando era todavía una niña. Dedicó muchas horas a trabajar en el hermoso jardín abandonado, plantó flores y verduras de toda clase. El garante, la persona de confianza del misterioso cliente, era el hijo de un granjero vecino, un muchacho jovial y apuesto que a veces traía consigo a sus tres hijos para que jugaran con Carolina y se encargaba de comprarle en Port Chester todo cuanto necesitara para su sustento. Pronto se hicieron buenos amigos, pero al joven jamás se le escapó una sola palabra sobre su empleador. En una ocasión viajó con él y los niños hasta Manhattan para comprar unas telas y visitar a Chris Cramer. Al día siguiente, el garante le entregó una carta en la que se le pedía cortésmente que evitara en el futuro cualquier tipo de viaje con la niña. Esta vez el breve escrito no traía siquiera las iniciales: solo esa notificación amable que era, al mismo tiempo, una orden.

Mary cocinaba. La niña comía sopa de cebada, canapés de carne con verdura picada, arroz con leche y compota de manzanas. Solía charlar a menudo, y su modo de hablar, que para cualquier otra persona sonaba como una jerga incomprensible, era para Mary algo claro e inconfundible, un modo de dar y repetir sus percepciones y pensamientos. Mary era una verdadera madre.

Chris Cramer iba a verla cada dos semanas. Recorría a pie el largo camino hasta allí, o viajaba en la carreta de algún granjero que hubiera acudido a la ciudad para vender sus productos de la huerta. Llevaba siempre libros o revistas, y Mary lo contemplaba mientras leía o jugaba con Carolina. Ella guardaba el material de lectura en el granero y, al llegar el otoño, lo usaba como combustible, junto con las ramas y las hojas secas. Su interés solo se vio cautivado por las novelas de un escritor llamado Charles Dickens, que pronto pasaron a ser su lectura favorita.

También leía libros de Horatio Alger, Jr., de los que Chris no se separaba, a pesar de la inminencia de una revolución mundial, después de la cual nadie tendría necesidad de ayudar a cruzar una calle a una anciana millonaria de manos temblorosas. Cuando Chris iba a visitarla, se retiraba nada más llegar a una habitación oscura y se tumbaba a dormir sobre unos sacos de yute. En realidad, prefería pasar aquellas horas en el campo sumergido en la penumbra de un granero en vez de disfrutar de la luz del sol.

Corría el año 1884, en el curso del cual varios científicos —Nicolaier, Löffler, Koch y Gaffky— descubrieron casi de forma simultánea, respectivamente, los agentes patógenos del tétanos, la difteria, el cólera y el tifus.

El siglo iba al encuentro de su última década. Los cuatro años de felicidad pasados junto a Carolina transcurrieron en un pispás. Con motivo de los días de fiesta, llegaban cestas repletas de regalos, y cada año Mary debía redactar un informe sobre el estado de salud de la niña. En él contaba muchas cosas acerca de ella, convencida de que así proporcionaba una alegría a alguna madre que, tal vez, estuviera enferma.

Mary había cumplido los treinta.

XXIX

Nueva York logró sobrevivir a su permanente agonía a fuerza de una enorme voluntad. Existen imágenes de aquella época que superan con creces todo cuanto presencié, hacia la década de 1970, en términos de inmundicia, residuos y podredumbre durante una huelga de los servicios de recogida de basura, y el despliegue de la decadencia tuvo que ser aún más pomposo cuando las obras de electrificación general empezaron a iluminar la ciudad.

La dicha no tiene nada de mariposa. Ocurrió un atardecer de verano, mientras Mary y Carolina corrían detrás de una mariposa que no se dejaba atrapar, cosa que, a decir verdad, ellas tampoco pretendían. Lo suyo era un juego en el que se sucedían las caídas, provocando sus carcajadas. De pronto, se oyó el ruidoso trote de unos caballos, y Mary se sobresaltó como la primera vez que vio al cochero del bicornio napoleónico. Como aquella vez, las ventanillas del coche estaban cubiertas por un velo negro. Los caballos se detuvieron, escarbaron el suelo con los cascos, el cochero no se movió. Mary caminó hacia el carruaje como hipnotizada. La puerta apenas se abrió, lo necesario para dejar que asomaran a través de ella cinco dedos enfundados en un guante de cuero negro, de los cuales el índice le hacía una señal que la conminaba a acercarse.

—Deténgase —ordenó una voz que no había podido olvidar después de todos aquellos años, meses y semanas—. Ha hecho usted lo que ha podido —añadió el hombre, e incluso rio—. Aun así, le pagaremos, tal como le prometí.

Mary se giró hacia donde estaba la niña, que todavía perseguía la mariposa entre gritos y chillidos jubilosos. No podía ocultar su miedo y su cólera.

—¿Pretende llevarse ahora a la niña? ¿De inmediato?

—Cálmese —dijo él—. Contará con unos días más para despedirse de Carolina.

—¿Es que he hecho algo mal?

—Es difícil responder a esa pregunta. Ha sido buena con la niña, lo sabemos. Pero esperábamos otra cosa de usted. ¡Deténgase! —Mary se había acercado al coche.

—¿Qué esperaba de mí? ¿Qué?

El hombre carraspeó.

—No soy yo el que decide, ya lo sabe.

Mary lanzó un grito y quiso acercarse a la puerta del carruaje para ver la cara del hombre, pero el cochero del gorro napoleónico hizo restallar el látigo junto a ella, sin rozarla.

—Ya le dije que estamos al tanto de su apodo, el de María Tifoidea —continuó el caballero—. La conocemos. Una sola palabra de mi empleador bastaría para que nunca volviese a encontrar trabajo, ni siquiera lavando ropa. ¿Comprende ahora la tarea que le habíamos asignado? De cualquier manera, ¿qué futuro cabe esperar para esa niña?

Mary volvió la cabeza para mirar a Carolina, que, entretanto, se había detenido y escuchaba. Entonces montó en cólera.

—¿Qué clase de personas sois? —exclamó—. ¿Qué clase de personas? ¡Maldito sea Dios!

—Recibirá su justa recompensa. Más que justa, créame, señorita Mallon —dijo el hombre y, acto seguido, ordenó—: ¡En marcha!

El cochero obedeció, los caballos se pusieron en movimiento y Mary corrió detrás del vehículo.

—¡Déjenme a la niña! Me quedaré con ella para siempre y no haré preguntas. ¡Por favor!

Pero entonces tropezó con una piedra y cayó al suelo, donde permaneció durante un rato. Cuando de nuevo alzó los ojos, el coche había desaparecido tras la vereda del bosque. Carolina lloraba. Mary regresó a la carrera, la alzó con aparente regocijo e hizo que la niña, ya bastante crecida y pesada, girara como en un carrusel. La pequeña chilló de alegría.

Cuando se hizo de noche, después de dormir a Carolina con una nana y unas graciosas rimas, subió a la buhardilla, cogió dos bolsos de cuero y los llenó de ropa; metió también algo de comer y esperó hasta la medianoche. Estaba convencida de que podría avanzar con la niña al menos unos veinte kilómetros en dirección al norte, para luego coger un tren que las llevara hasta la frontera de Canadá. Aún no había despertado a Carolina, pero entonces una sospecha la incitó a mirar por la ventana. Abajo, en el patio, estaba el hombre del bicornio napoleónico, con las piernas abiertas y el látigo bajo el brazo.

Apagó la luz. Sabía que no había ya nada que hacer. Finalmente, exhausta, se quedó dormida.

A la mañana siguiente Carolina había desaparecido. Su cama estaba vacía. Sobre la mesa de la cocina había una carta lacrada en la que encontró un cheque por valor de mil dólares y una nota que decía: «Guarde silencio».

Mil dólares. Toda una fortuna. Sin embargo, hubiera sido doble pecado agradecer por ello a un Dios al que despreciaba.

A los dos días abandonó la casa.

XXX

Se ha hablado de la necesidad de crear una sociedad y un mundo en el que no hagan falta héroes ni heroínas. Una hermosa idea, una idea cautivadora, ya que la gente, en general, se esfuerza para no verse nunca en una situación que lo obligue a ser un héroe.

Nuestro oportunismo cotidiano solo es capaz de ver héroes aún en aquellas personas que se sitúan a la cabeza de los oportunistas. Ahí tenéis a los políticos y el modo en que se presentan, o a los oradores de toda índole, o a los escritores, esa escabrosa popularidad con la que intentan congraciarse, coronada por el halo de santidad del intelecto, tal como se aparece ante los pobres de carácter. Y no hablo, claro está, de los pobres del Sermón de la Montaña, cuyo paso por este valle no parece acabar nunca...

Se ha vuelto imposible convertirse en un héroe. Para llegar a ser héroe o heroína, el destino tendría que elegirnos. No basta con que simpaticemos con el pueblo o que lo amemos. Mahatma Gandhi despreciaba a las masas. Dijo una vez que se sentiría mucho más seguro en su camino si estas lo escupían, y dijo también que toda veneración acrítica lo llenaba de fastidio.

Por desgracia, nunca se me ha ofrecido un papel de héroe —uno, claro está, que yo reconociera como tal—. En cambio, he aceptado con suma frecuencia el papel de médico corajudo que conoce las dificultades y los riesgos de la profesión y —por no saber hacerlo mejor— he vendido mi ética a un precio muy barato. ¿Cuál de mis colegas se habría dignado protegerme en caso de un diagnóstico fallido, algo que puede ocurrir en cualquier momento? El escritor Sinclair Lewis rechazó el Premio Pulitzer por su novela de médicos Arrowsmith, aduciendo que su protagonista (descrito como una persona altruista y heroica) no era un fenómeno típico del mundo de los médicos americanos. ¿Y quién, en nuestros círculos, querrá recordar la conducta escandalosa que mostraron los colegas ante el caso Semmelweis, incluido el profesor Virchow de Berlín, un corifeo de su época?

En fin, me pierdo en demasiados detalles. Sin embargo, cuando me asomo por las noches a esta ventana situada en una undécima planta, no veo más que detalles en forma de millares de ventanas iluminadas, tras las cuales se vive, se odia y se trabaja.

Como el tiempo que me queda de vida no me proporcionará ya oportunidad suficiente para descubrir a un héroe o a una heroína, concedo el título a Mary Mallon, alias Maria Caduff. Ella no tuvo otra opción. Por eso.

Deja una señal. Escribe los nombres
que te atormentan en los muros de un meadero.
Traza una raya, escribe: «Quien hasta aquí
pueda orinar, que se presente ante
el cuerpo de bomberos».
Deja una señal: un hijo o toda una familia,

alguien sabe que retornarás.
Vierte agua en el desierto del vecino.
Quizá haya sembrado sus tierras
y no lo recuerde, ese vecino de al lado.
Pero no plantes hiedra, que crece por sí sola.
Y nada de delitos. Te asustaría no saber,
a tu regreso, cuáles fueron los motivos.
Deja una señal. Roba a los ricos.
Y desdeña la pobreza, ella te reconocerá.
Escupe sobre el dinero, y te saludará.
Deja que te pinten. Erige casas. Inventa una mentira
de la que todos digan: «¡Ha sido él!».
Y todos temerán a ese saber.
Deja una señal. Un mensaje. Una palabra.
Inventa un cruce entre flor y ave.
Y al primer niño que se cruce mañana en tu
camino, regálale el jornal y una sonrisa.
Deja una señal: para que un día el mundo puedas
reencontrar, cual una patria, pasados cien años, y once más.

Escribí este poema para Mary, en nombre de Chris Cramer.

XXXI

Para Mary, la autocompasión era una enfermedad del alma de la que uno mismo es culpable. Echaba de menos a la niña, y echaba de menos los colores del otoño en el campo: el rojo vino, el rojo sangre y las hojas amarillas que relucían cuando el sol cobrizo se hundía en el horizonte, cada día un poco más rápido. Pero eso fue todo. Durante sus paseos entre el hotel St. Nicholas y la calle 34 descubrió algunas de las tiendas de moda más elegantes y compró en ellas dos vestidos caros. Los dependientes, tan elegantemente vestidos como su clientela, la despidieron con reverencias. Con discreta curiosidad, le preguntaron dónde quería madame que el mensajero le hiciera entrega de sus pedidos. Mary se presentó como Madame Mallon, de Boston, alojada eventualmente en el hotel St. Denis. Se enteró también de que un tal Monsieur Jules d'Albert había mudado la piel del jefe de cocina por la de propictario del hotel entero, ya que en uno de sus momentos de vigor (y de debilidad para la afortunada), había dejado embarazada a la hija del dueño anterior, con la que más tarde se casó. Al día siguiente, Mary bajó de un coche ante la misma puerta del hotel. Allí, un solícito botones partió en busca de Monsieur d'Albert. Para su asombro, este último se presentó en persona en el hall, llevando bajo el brazo una caja de cartón de un color violeta-plateado que contenía sus vestidos nuevos. Había engordado y lucía una prominente barriga, estaba calvo y se había dejado crecer un bigote de puntas engominadas, y se mostró muy entusiasmado de ver a la señorita Mallon después de tantos años. A continuación, casi en una coreografía de cumplidos, la invitó a pasar a su despacho, donde Mary, con voz dulce pero sin vacilar, le pidió un nuevo documento que la reconociera como a la persona que hasta entonces había sustituido al chef de cuisine en el hotel St. Denis, empleo al que ella renunciaba por voluntad propia. Monsieur d'Albert no vaciló ni un instante. El mero recuerdo de la epidemia pasada podía tener consecuencias muy desagradables incluso en una ciudad de tan corta memoria como aquella, razón por la cual su estilográfica de tinta negra se deslizó con brío sobre la hoja de papel, que a continuación dobló y colocó en un acolchado sobre con membrete: «St. Denis Hotel. Gerencia». Hecho esto, D'Albert se inclinó en una reverencia, contento de haberse librado otra vez tan rápidamente de aquella empleada, a la que acompañó hasta la entrada.

La casucha de Chris Cramer apenas había cambiado, salvo por un pequeño cobertizo de madera que él mismo había construido y pintado, un verdadero arsenal de herramientas, rollos, cables y hierros oxidados a los que nadie habría podido atribuir una función en concreto. También había libros y escritos subversivos por todas partes. Chris ya no hablaba de la revolución mundial como si, para que esta tuviera lugar, bastara con pasar al día siguiente por la estación central a recogerla, sacarla de su envoltorio y dejarla en libertad. Parecía triste, como si se hubiese visto obligado a posponer sus ideales. «Un día haremos estallar una bomba en Union Square, y solo entonces los ricos prestarán por fin atención». La pregunta sosegada de Mary solo pretendía averiguar si en realidad no eran los proletarios los llamados a prestar por fin atención. «El proletariado aún no está maduro», le respondió Chris. «Antes debemos despojarlos de su miedo». Mary asintió. Sacó los vestidos nuevos de sus cajas y los colgó en el tendedero que estaba delante de la puerta.

Poco era también lo que había cambiado la calle, quizá la pobreza se había vuelto algo más pintoresca: prendas en jirones, puestas a secar, colgaban de unas cuerdas; en el barrio flotaba un olor a platos napolitanos y mosaicos, los niños vociferaban, y en el edificio de al lado la adivina polaca le pegaba una paliza a la hija de su amante con una soga endurecida con almidón; de una vivienda situada en un sótano llegaban los gritos de placer de una mujer que a esa hora del día, por lo general, se hallaba sentada en el bordillo de alguna calle, aceptando la bendición de unas monedas, mientras fingía ser una ciega sordomuda.

Como siempre hacía, Chris Cramer se acostó en el jergón sin despojarse de su ropa interior y la abrazó para esperar a que se quedara dormida. Al menos esa era su esperanza. Pero Mary permaneció en vela mucho tiempo.

XXXII

La agencia de la señora Stricker gestionaba principalmente la colocación de empleados domésticos: mayordomos y sirvientas, jardineros y cocheros, y también cocineros y cocineras. La propia señora Stricker había salido en persona a recibirla cuando su secretaria le mostró la carta de recomendación del hotel St. Denis presentada por Mary, a la que examinó de arriba abajo. Se puso a juguetear con su collar de perlas de tres vueltas, una artimaña que empleaba siempre que quería desviar la atención de algún cliente distinguido de su cara fea y angulosa. Luego le devolvió el documento de recomendación y la invitó a pasar a su despacho privado, un recinto repleto de estatuillas de latón, muebles afelpados y lámparas, más parecido, en realidad, a un salón.

—Mademoiselle —empezó diciendo—, ahora mismo no tengo a la vista ninguna vacante apropiada para una dama de su categoría. Por supuesto, podría conseguirle en cualquier momento un puesto digno de usted, y no tengo motivo alguno para dudar de la recomendación de Monsieur d'Albert, al que, por cierto, conozco personalmente. Pero pasa algo. Y, por favor, quiero que muestre su comprensión por los señores a quienes represento, sobre todo en lo que concierne al bando femenino. En ese sentido debo decirle, con toda franqueza, que es usted demasiado atractiva... Y para los caballeros... es usted una dama (y tómelo, por favor, como lo que es: un cumplido).

—Yo soy cocinera —replicó Mary con tozudez.

Y la respuesta que recibió fue:

—En esta ciudad hay decenas de cocineras excelentes que no malgastan su talento en salsas ni en aromas de verduras.

Mary, a continuación, se levantó y fue hacia la puerta acompañada por la señora Stricker, quién no dejaba de farfullar, y no por mera cortesía, que estaba en condiciones de ofrecerle trabajos muy bien pagados que nada tenían que ver con los vapores de las cocinas. Pero Mary cerró la puerta a sus espaldas.

Y es que, en efecto, Mary se había convertido en una belleza. Pero, en fin, ¿cómo expresar con palabras la belleza femenina en una época donde todo es imagen? A su belleza no solo contribuía el azul de sus ojos, sino también su brillo y su vivacidad: era la encarnación de la vitalidad femenina. Tenía un modo de andar garboso que partía de la mitad del cuerpo, su piel irradiaba el frescor del aire campestre, sus movimientos eran elegantes y sus cabellos captaban los reflejos de la luz. En todo caso, hacía un día magnífico que parecía recién concebido por la Creación. Mary se detuvo varias veces delante de los escaparates y los espejos, hasta que, por fin, casi como una sonámbula, llegó a la agencia de la señora Seeley, una mujer de unos treinta y cinco años, tan bella y noble como las señoras adineradas de las novelas de Horatio Alger, tal como le habría gustado verse a sí misma a la propia Mary. La señora

Seeley se alzó de su silla detrás del escritorio y le preguntó con amabilidad qué podía hacer por ella. Mary buscó en el bolso la carta de recomendación, pero no la encontró. Era cocinera de profesión, dijo, podía demostrarlo, pero ahora debía volver en busca del papel olvidado. La otra la interrumpió: no dudaba de la existencia de ese papel.

—¿Es experta en algún arte culinario en concreto? ¿Cocina francesa? ¿Italiana? ¿Universal?

Se estima que ya por entonces había en Nueva York más de cinco mil restaurantes. Pero ¿había, en realidad, demanda de cocineras? ¿Deseaba volver a trabajar en el restaurante de un hotel? La señora Seeley le pidió que tomara asiento. Mary se acomodó, muy erguida, y se enjugó la frente con un pequeño pañuelo de seda. Mientras tanto, la señora Seeley sacó una carpeta y se puso a hojear las listas de direcciones. No, dijo Mary, la verdad es que prefería trabajar en una casa particular. La señora Seeley cogió entonces un lápiz y le pidió su nombre completo.

—Mary, Mary Mallon —respondió.

En ese momento no tenía una dirección propia, se hospedaba en la casa de unos parientes.

—Vuelva dentro de tres días, señorita Mallon, estoy segura de que algo aparecerá. ¿Es usted de ascendencia alemana?

Mary negó. Era de Irlanda, dijo.

—¡Vaya! —exclamó la señora Seeley—. Creí reconocer un leve acento alemán. Pero también trabajaría para señores alemanes, ¿verdad?

Mary asintió, le dio las gracias y se despidió. Se sentía dichosa, y por eso le compró a Chris Cramer un abrigo verde botella y una bufanda roja.

Pero la buena suerte no tiene el color verde botella del abrigo ni es roja como la bufanda. Un paseo nocturno hasta Bowery habría avivado de nuevo su más íntimo terror. Era una extensa plaza llena de lugares de ocio, donde se alternaban los puestos de frutas y las tiendas de dulces, teatros más grandes y más pequeños, y donde había, además, infinidad de bares y restaurantes de todas las nacionalidades y etnias, así como incontables «museos», como se autodenominaban esos sitios en los que, por unos céntimos, podía verse el baile de unos monos disfrazados, gordas de cientos cincuenta kilos, un hombre con cuatro orejas, ratas amaestradas y enanos con demoníacos sombreros de mago. También podían verse proyecciones de terremotos, de teatros en llamas, de barcos hundiéndose y montañas vomitando fuego. Y cómo olvidar la galería de mujeres de pésima fama: envenenadoras, infanticidas, profanadoras de cadáveres. Entre ellas se hallaba también la imagen de una cocinera furibunda que enseñaba los dientes, de cuya boca manaba una saliva que acababa vertiéndose en una olla humeante de vapores de un color verde purulento: era María Tifoidea.

XXXIII

El día 1 de noviembre Mary debía comenzar su servicio en el nuevo empleo que le había encontrado la señora Seeley en una casa de la avenida Madison con la calle 40. Solo llevaba consigo una pequeña maleta con unas pocas prendas, y al pasar por delante de la iglesia de San Bartolomé, entró, se santiguó con gesto distraído y salió de nuevo sin haber rezado. Justo en ese instante salía de su casa el señor Carl Leichtner, un hombre apenas mayor que ella. La escalera de piedra estaba jabonosa aún, y una empleada doméstica, con su cubo de agua, esperó a que el señor Leichtner terminara de despedirse de su esposa y bajara. A continuación, vertió el agua —que bajó chapoteando de escalón en escalón— y entró a la casa. El señor Leichtner, un caballero alto y con un parecido sorprendente al actor James Stewart, con una voz gangosa pero simpática, se dirigió a Mary en tono cordial:

—Usted es, sin duda, Miss Mallon —le dijo, y ambos se estrecharon la mano—. Ahí está la señora Leichtner —añadió, y tras examinar la maleta, comentó a modo de broma—: ¿Ese es todo su equipaje o son solo los condimentos?

Del interior de la casa le llegó el griterío de unos niños, seguido del ruido de un objeto de madera que caía rodando por las escaleras con estrépito. La señora Leichtner ni siquiera se giró, pero gritó algo a una especie de ente indeterminado:

—¡Parad ya ese dichoso ruido!

Tenía un rostro de expresión alegre, incluso bastante relajada para las circunstancias de Nueva York. Con un movimiento fugaz de la mano, se despidió una vez más de su marido, que, desde lejos, hablando en alemán, dijo que Mary tenía cierto parecido con una de sus primas, de la que había estado enamorado cuando tenía dieciséis años. La señora Leichtner se giró de nuevo hacia Mary y la saludó. El matrimonio Leichtner había llegado de Alemania hacía solo tres meses. Su esposo era representante de una compañía de seguros, y ella confiaba en que Mary no tuviera demasiadas dificultades con los tres niños, dos hembras y un varón, de nueve, siete y cinco años, respectivamente. En cualquier caso, ella misma la autorizaba a dirimir cualquier posible desavenencia entre ellos con un par de azotes. Sus hijos no habían tenido oportunidad aún de trabar amistad con otros niños, sobre todo por los problemas con el idioma. Mientras la mujer le explicaba todo aquello con suma amabilidad, Mary permaneció de pie, respirando hondo y sin moverse. Desde que llegó, apenas había oído palabras en alemán, y por un instante se transformó otra vez en la niña jornalera que fue.

—¡Santo cielo! ¿Padece del corazón? —escuchó decir Mary a una voz inquieta—. Entre, le traeré un vaso de agua y una valeriana. ¡Dios mío! ¿Dónde está la valeriana? —La joven señora subió la escalera a la carrera.

En el marco de la puerta aparecieron tres niños que miraron a Mary desde arriba con curiosidad.

Ella se giró, presa de un súbito pavor, y echó a correr como si le fuera la vida en ello. Tres manzanas más allá, cruzó la avenida, todavía jadeante, hasta llegar a la iglesia. Dentro se oyó el eco de sus pasos. Mary tomó asiento en una de las hileras de bancos y esperó a que amainaran las palpitaciones. No consiguió llorar. Sentía sobre su alma el peso de un bloque gigantesco, o tal vez de algo aún más horrendo, algún bicho enorme, tal vez. Y entonces rezó. «¿Quién soy yo? ¿Por qué me haces esto? ¿Eso que les causo a los demás viene en parte de ti? Esperaba que me hubieses abandonado. ¿Por qué no lo has hecho? No soy más que un ser humano. ¿Por qué no te olvidas de mí de una vez? ¿Por qué te entrometes en asuntos que no te incumben?».

Guardó silencio. Hacía frío en la iglesia, el ambiente era lóbrego. La sacudió un temblor. Cuando se levantó, se dio cuenta de que estaba hambrienta. Y tenía sed. Pensó en melocotones, en unos lindos melocotones de piel suave, pensó en los postres deliciosos que podría preparar con ellos.

XXXIV

Mary se refugió en la casucha de Chris Cramer, arrastró su colchoneta hasta otro rincón, se envolvió en unas mantas y apoyó la cabeza sobre una almohada que olía a humedad. Escuchó, medio dormida, unas voces masculinas. Pero luego durmió y durmió. Despertó al cabo de dos días y puso a hervir agua en todos los calderos, con el fin de llenar la bañera de cinc. Se dio un baño, se vistió y preparó una sopa de judías y cebada para ocho hombres que no conocía y que se interpelaban por medio de números. Sacó de su pequeña maleta el papel con las dos direcciones que le había anotado la señora Seeley. La segunda era la de un tal señor John Spornberg. Le gustó más no solo porque, al parecer, el hombre era soltero, sino porque vivía en el edificio del famoso restaurante Delmonico's, situado en la esquina de la Quinta Avenida con la calle 26.

La entrada de aquel local de alcurnia estaba custodiada por un portero de piel negra que usaba guantes de cabritilla y una gorra de capitán de ribetes dorados. Después de saludarla con actitud indiferente, le preguntó en qué podía ayudarla. Mary le mostró el papel, y él la llevó hasta el ascensor. No, el señor Spornberg, aunque era madrugador, aún no había abandonado el edificio. ¿Era ella la nueva cocinera?, le preguntó con viva curiosidad y una risita burlona.

—Pues le deseo mucha suerte, señorita —dijo, y en tono confidencial, dándose unos golpecitos en la sien, añadió—: Un hombre simpático el señor Spornberg, pero algo tocado, con su tic-tac, tic-tac. Ya lo verá usted misma. Pulse el botón para subir a la quinta planta.

El señor Spornberg la esperaba delante de la puerta del ascensor, con la vista clavada en su reloj de bolsillo.

—Este ascensor funciona de un modo sumamente irregular —dijo—. Aunque no se detenga en las demás plantas, puede retrasarse hasta once segundos. ¡Maldita sea! Informaré de ello a la gerencia.

El hombre calzaba unas pantuflas de seda persa, como Sherlock Holmes.

Mary le habló de las referencias de la señora Seeley y el caballero pareció más que complacido.

—Pero, pero..., señorita... Eh...

—Señorita Mallon —respondió Mary.

—Por favor, pase, señorita Mallon. Solo son veinte pasos.

Con esas palabras, el obeso caballero, fornido como un luchador de sumo, echó a andar delante de ella, y Mary, a medida que avanzaba, fue notando cómo se incrementaba un rumor parecido al tictac de varios relojes. Efectivamente, sus oídos no la habían engañado: en el pasillo colgaban unos junto a otros, y el salón al que llegaron era un pandemónium de relojes. El señor Spornberg había hecho cubrir el suelo con tres o cuatro capas de alfombras, pero tanto estas como las pesadas cortinas de terciopelo, ahorra cerradas, solo conseguían amortiguar un poco el ruido de las maquinarias. Lo mismo ocurría con las mantas de pelo de camello que protegían las paredes, colgadas detrás de los relojes. Mary sintió un leve mareo. Solo volvió a abrir los ojos al oír la voz grave y resonante del señor Spornberg. Pero él no hablaba, su cara amable se limitaba a emitir una especie de rugido con el que intentaba imponerse al estrépito de todos aquellos relojes de pie o de péndulo. Tampoco faltaba un reloj de estación ferroviaria, una mole de ochenta centímetros de diámetro, rodeada por relojes de cuco de todo tamaño y por el incesante y permanente tic-tac, tic-tac, tic-tac, un tictac centuplicado, interrumpido quizá, por el silencio surgido en una fracción de segundo entre un tic y el siguiente tac.

Qué sabía cocinar, preguntó a gritos el señor de la casa. ¿Cómo? ¿Eso era todo? A él lo que más le gustaba era el jamón cocido en zumo de manzana con unos granos de pimienta. Pero ¿cómo? ¿Y qué más? Bueno, de desayuno: arroz con leche con azúcar, canela y té de jazmín, nada más. No toleraba el pescado, pues, por su propia naturaleza, soltaba demasiada agua. Él necesitaba comidas nutritivas. Para la cena, por ejemplo, mazorcas de maíz doradas en mantequilla caliente, chuletas de cerdo con macarrones o pierna de ternera en tomate y arroz silvestre, y también una jarra de café. Nada de ensaladas, bramó.

Mary había empezado a tomar notas, pero no, desistió. Las manos le temblaban debido al tictac. Quería echar una ojeada a la cocina, se lo pidió a gritos. El señor Spornberg asintió y, a continuación, atravesaron juntos una segunda estancia repleta de relojes que marcaban con su martilleo el paso del tiempo. Ella soltó un suspiro de alivio. En la cocina el ruido desaparecía. Los relojes estaban por todas partes, pero eran de arena. De inmediato, Mary cerró la puerta, y el señor Spornberg, con un bramido ahora más tenue, le dijo que pronto se acostumbraría. Entonces empezó a contarle su vida, deseoso de explicarle de dónde venía esa extraña pasión suya por los relojes. Su padre era matemático y su madre había muerto cuando él nació. Como matemático, su padre siempre requería de silencio a su alrededor, de manera que a él, desde pequeño, siempre se lo habían quitado de en medio echándole a dormir. ¿Quién? Pues una institutriz, claro. Permanecía acostado a oscuras, durmiendo la mayor parte del tiempo. Es probable incluso que aquella mujer le suministrara algún somnífero ligero. Cuando creció, no era capaz de distinguir la salida de la puesta del sol, carecía de todo sentido del tiempo, pero sólo hasta que murió su padre.

¿Estaba Mary de acuerdo con una paga de doce dólares semanales?, gritó. También podía robar algo para sacarse alguna ganancia adicional. Lo hacían todos los empleados. Y claro que sí, le alegraba que ella tuviera su propia vivienda. Quería paz y tranquilidad por las noches, nada de gente a su alrededor. Por medio de gestos, Mary le dio a entender que estaba de acuerdo, pero que prefería trabajar una semana a prueba. El señor Spornberg se encogió de hombros y dio su conformidad. Tal vez ninguna cocinera haya aguantado aquí más de una semana, pensó ella, y le pidió cinco dólares para la primera compra, un dinero que el señor Spornberg sacó de su billetera de mala gana.

A las cinco de la tarde, Mary debía llevarle una jarra de té y galletitas. Ella asintió y, al salir, lo saludó con un gesto de la mano. Una vez fuera, sacudió la cabeza para intentar sacarse las vibraciones del tictac y notó que había perdido el oído, algo que duró unos pocos minutos. A decir verdad, se proponía hacer una compra escueta y largarse de allí para siempre, pero recordó con pesar en los esfuerzos de la simpática señora Seeley y decidió quedarse por lo menos dos o tres semanas. En vista de que pasaba la mayor parte del tiempo en la cocina o en los mercados y debía soportar el ruido de los relojes solo mientras ponía la mesa o servía, la labor no era tan insoportable. Además, pronto descubrió que el señor Spornberg era, en el fondo, un tipo adorable y que su tacañería era fingida.

XXXV

Ese año, el tictac de las horas coincidió, como de costumbre, con simultáneos progresos y retrocesos de la historia del mundo. Los italianos no solo se ocuparon del canto, también conquistaron y ocuparon, de paso, Eritrea y Somalia; en Rusia asesinaron al zar Alejandro II y sus sucesores fundaron la Ojrana, la policía secreta; en la apacible Suiza, Johanna Spyri escribió *Los años de aprendizaje y peregrinación de Heidi*, la historia de una niña; Arnold Böcklin pintó *La isla de los muertos*, un lienzo que le hizo célebre. En Berlín circuló el primer tren eléctrico; en Egipto, Emil Brugsch-Dey descubrió las momias de cuarenta faraones en el Valle de los Reyes. Todos nuestros respetos para ese año...

Después de once días trabajando para él, Mary encontró al señor Spornberg enfermo y decaído. Eran las cinco de la tarde, de modo que le sirvió su jarra de té y sus galletitas y, al regresar al cabo de una hora, se percató de que el enfermo no había tocado la taza y tenía la frente empapada de sudor a causa de la fiebre. Estaba durmiendo en un sofá del salón.

Mary lo despertó.

—Señor Spornberg, está usted enfermo.

Ella estaba muy en lo cierto, le dijo él con un rugido; además, se sentía fatal.

¿Algún pariente al que llamar?

—¡A la porra los parientes! —respondió el hombre, con una voz que ya no conseguía superar el potente tictac de los relojes, y empezó a soltar improperios cuando ella le suplicó que se metiera en cama. Mary se inclinó sobre él para escucharlo mejor. Tal vez debería llamar al médico, murmuró él. Sus insultos iban dirigidos justo a ese gremio, esas «sanguijuelas», como los llamaba. ¿Un médico? De repente Mary se sintió amenazada. El señor Spornberg señaló el teléfono, una de esas nuevas invenciones por las que Mary sentía aversión. Al fin, obedeció, pero no dijo una palabra cuando por fin la comunicaron, alguien levantó el auricular al otro lado de la línea y preguntó:

—¡Hola! —dijo la voz—. ¿Quién habla? —Se oyó una carcajada—. ¡Por supuesto, es usted, señor Spornberg! ¡Tictac! ¡Tictac!

Mary mantuvo su mutismo, y la voz empezó a dar muestra de alarma:

—¡Señor Spornberg! ¡Hola! ¿Señor Spornberg?

Mary colgó. El pánico la embargaba. ¿Qué podía hacer? Bajó corriendo las escaleras y se detuvo abajo. ¿No era una cobardía huir? No, se dijo, y apretó otra vez el paso antes de pararse de nuevo. Decidió regresar. Encontraría algún pretexto para alejarse de la casa durante el rato en que anduviera por allí el médico. De modo que subió a toda prisa, atravesó el recibidor y escuchó un ruido espantoso. Esta vez no era el tictac de los relojes, sino ruidos y crujidos provocados por unos muebles. Mary abrió la puerta.

El señor Spornberg estaba de pie, pero se tambaleaba. Con los dedos agarrotados, arrancaba los relojes de la pared y los dejaba caer al suelo, donde yacían dos relojes de péndulo destrozados y uno alto de pie, cuyo péndulo sobresalía como una lengua entumecida de la caja, semejante a un féretro. En ese instante el obeso señor Spornberg estaba arrancando de su base el siguiente, que se hizo añicos.

—¡Ayúdeme, Mary, ayúdeme! —imploró—. Ya no soporto escucharlo. No lo aguanto más. ¡Ayúdeme, se lo ruego!

Lo que embargó a Mary fue algo más que compasión. Era la ira de un ser humano al que se le negaba la esperanza de ser verdaderamente feliz, al que no se le concedía ni dicha ni paz, y llegados a aquel punto, también ella dio rienda suelta a su rabia, como el propio señor Spornberg. Arrancó el péndulo del reloj que había sido derribado y aporreó con él aquellas machaconas máquinas del tiempo, aplastó a pisotones las cajas caídas, hizo chocar metal contra metal, hubo estruendo de vidrios y crujidos de maderas rotas, reventaron los relojes de cuco, saltaron resortes y volaron agujas por los aires, como saetas lanzadas en aquella habitación.

Feliz y risueño como un niño, el señor Spornberg se detuvo e intentó aplaudir con sus debilitadas manos. Fue entonces cuando lo abandonaron sus últimas fuerzas y se desplomó. Mary continuó con su frenética labor hasta darse cuenta de que el enfermo había caído al suelo. De pronto, alguien la agarró por la muñeca y la increpó para que parara. ¡Basta! Mary logró soltarse y se marchó corriendo.

Era el médico. El señor Spornberg, agonizante, lo miró fijamente, con expresión afable.

—¡Qué bien que haya venido, doctor Rageet! Cuán absurdo ha sido todo ese tiempo —dijo, señalando a los relojes—. Y ahora este silencio maravilloso... ¡Qué maravilla!

XXXVI

Tal vez el lector lo recuerde: mi abuelo —primero por una especie de afición— se había dejado inspirar por su amigo y colega George A. Soper, pero más tarde decidió investigar por su cuenta el caso de Mary Mallon. Sin duda conocía también los estudios y descubrimientos del bacteriólogo alemán Robert Koch, galardonado en 1905 con el Premio Nobel de Medicina. No estoy al corriente de si este, que descubrió también el portador crónico del bacilo causante del tifus, supo alguna vez algo sobre el caso de Mary Mallon. Por mi parte, lo dudo. Que George A. Soper no publicara su breve informe hasta 1939 fue, sin duda, un acto de consideración. Y si bien mi abuelo, Irwing Rageet, tomó nota en su agenda de lo acaecido a su paciente, el señor Spornberg, no fue sino más tarde que apuntó sus recuerdos en torno a la cocinera que participó en la destrucción de los relojes que integraban su famosa colección. Cabe presumir que, al morir su paciente, no viera ninguna relación causal con María Tifoidea. No obstante, al parecer, hizo algunas consultas en la agencia de la señora Seeley, y esta última, una belleza todavía por entonces, logró recordar ciertos detalles bastante ilustrativos.

Poco tiempo después de la muerte del señor Spornberg, Mary se presentó de nuevo en sus oficinas y le explicó que su empleador había muerto de un ataque cardíaco y que por ello estaba buscando un nuevo puesto de trabajo. Julia Seeley le dio a escoger entre otras cuatro posibilidades, de las cuales Mary rechazó, de inmediato, tres; según suponía, porque todas se hallaban en sitios demasiado alejados de alguna persona a la que amaba en secreto. Solo una vez aceptó un trabajo en el Bronx, pero únicamente por una semana, y eso en el mes de septiembre. Por esa época el Bronx aún no era un barrio de Nueva York en toda regla, y para llegar a él era preciso hacer dos largos trayectos. La casa en la que Mary trabajó pertenecía a dos hermanas muy mayores y a un hermano todavía más anciano. Según la señora Seeley, ninguna cocinera había aguantado demasiado tiempo en aquel lugar, ya que las mujeres hacían la vida imposible a sus empleadas con su enfermiza desconfianza y tacañería. Ambas murieron poco después de que Mary iniciara allí sus labores, abandonadas luego muy pronto, casi a la desbandada; lo curioso es que, poco tiempo después, apareció por la agencia de la señora Seeley un anciano jovial, el hermano de las difuntas, para dejar un sobre destinado a la «encantadora señorita Mallon», que tan servicial había sido; un sobre en el que, aparte del salario acordado, había una bonita suma de dinero que volvió a causar en su destinataria un susto de muerte. Valdría añadir que en aquella zona del Bronx se desató una pequeña epidemia de tifus a causa de la cual enfermaron treinta y cinco personas y murieron cuatro. ¡Ah! ¿Y no sería incluso más importante decir que ese año se declaró en Estados Unidos una crisis económica que se extendió hasta 1896? ¿O que en Java un tal Monsieur Dubois creyó encontrar los restos fósiles de un homínido?

Cada vez me resulta más difícil no ver a Mary Mallon como a mi propia hija. ¿Estaré utilizándola como un instrumento de venganza? Porque yo soy también como aquel viejo chiflado hermano de las dos avaras ancianas, que simula desconocer la capacidad de Mary para administrar una justicia restitutiva de un equilibrio, esa justicia con la que sueña todo habitante del planeta Tierra, sea ateo o no. ¿No es cierto?

Claro que mi hija es Lea, alguien que, en su calidad de mujer talentosa, inteligente y con sentido del humor, además de con un gran futuro profesional, no puede concebir un tipo de justicia capaz de restituir equilibrio alguno. Es lo que hace eso que llaman ética profesional. Una vez conocí a una prostituta que me sorprendió al confesarme que amaba de verdad a los hombres. Pero eso ocurrió hace más de treinta años.

Al llegar a este punto, algo me llama la atención: no he mencionado a mi padre en ningún momento. Habrá motivos por los cuales él jamás se me ha presentado en sueños. Fue, por cierto, un médico excelente y apreciado. También estaba obsesionado con la ética profesional, llegó incluso a declarar ante el tribunal en contra de su hermano mayor, un dentista notable, tan bien dotado que hasta practicaba abortos que apenas eran más caros que un empaste con amalgama.

Toda historia familiar es un abismo.

XXXVII

«Vi a Mary Mallon hace treinta y dos años», escribe George A. Soper en su artículo. «Era todavía una mujer de cabello rubio y un metro setenta de estatura, con claros ojos azules, una piel de aspecto sano y un rictus de persona resuelta en la boca y el mentón». Mi abuelo la recordaba como una mujer esbelta y ágil, mientras que Soper la describía como a alguien de complexión física más bien robusta. Pero, en fin, el azar quiso que mi abuelo —a través del señor Spornberg—, se la encontrara muchos años antes que su colega. Ahora bien: lo que no escapó a la mirada de Soper, hombre amable y algo pusilánime, fue la firme determinación que irradiaba de ella. Tal vez él —que por entonces era todavía amo y señor de la vida y la muerte— no fuera inmune del todo al comportamiento renitente de un paciente: la renitencia, para la mayoría de los médicos, es la prueba, en cierto modo, de un instinto suicida, y en esos casos el enfermo se convierte para ellos en un ser antipático, cosa que ningún doctor admitiría.

«Descubrí a María Tifoidea como resultado de una investigación en torno a un caso ocurrido entre 1906 y 1907 en la mansión del señor George Thompson, en Oyster Bay, Nueva

York. Dicha vivienda había sido alquilada como residencia veraniega, para su familia y siete empleados domésticos, por un banquero neoyorquino, el general William Henry Warren. A finales de agosto, una oleada de tifus se desató de manera explosiva en dicha mansión: seis de sus nueve habitantes enfermaron». Como William Henry Warren era un hombre conocido, al instante se dio inicio a una investigación. Al propietario y arrendador no le importaba tanto la vida del general y banquero como cobrar la renta por el resto de la temporada veraniega. Ese verano se reportaron en el estado de Nueva York no menos de 3 467 casos de la mencionada enfermedad, setecientos de ellos con un desenlace fatal.

En un principio Soper no profundizó en los detalles del asunto. Uno de sus estudiantes de Medicina había pasado casualmente la Navidad en Warrensburg, en una casa donde el tifus se presentaba en intervalos regulares, como si se tratase del escenario de una pieza del teatro clásico en torno a algún tipo de maldición. Soper actuó de un modo muy poco ortodoxo, incluso temerario: puso en cuarentena a todos los habitantes de la casa y, con el consentimiento del dueño, prendió fuego a la vivienda embrujada, que ardió hasta los cimientos. Un acontecimiento que le dio fama de implacable combatiente de epidemias.

Propiedad y persona: según la ley estadounidense, la propiedad está siempre antes que la persona, lo cual no es un cinismo, sino más bien el rasgo distintivo de toda una filosofía vital. «Cuando viajé a Oyster Bay», sigue contando Soper en su relato, «lo primero que hice fue recoger y elaborar un registro de cualquier dato esencial sobre la irrupción de la enfermedad: fechas y diagnósticos, todas las circunstancias». Soper no pasó nada por alto, examinó cada detalle, desde los aspectos del entorno natural hasta las personas. Sus antecesores, colegas de profesión, habían trabajado sin tacha: lo examinaron todo, del techo al sótano, pasando por el agua y el césped, no dejaron un solo resquicio sin analizar, ninguna instalación sanitaria, desde las tuberías hasta el pozo negro.

Y entonces tuvo una idea. Soper no desconocía el fenómeno del agente patógeno. Había descubierto casos en los que la orina de personas antes enfermas seguía estando contaminada mucho tiempo después del aparente restablecimiento. De modo que, sin la menor vacilación, exigió a los hospitales que no dieran de alta a ningún paciente sin una analítica previa de orina. «Era muy difícil detectar el tifus en la materia fecal», afirmó. «Los métodos bacteriológicos se encontraban todavía en pañales». Soper, sin embargo, se deshizo de los suyos en un acto muy audaz, regresó a la infortunada residencia veraniega del banquero y general Warren y se enfrascó en un minucioso interrogatorio: punto por punto; o mejor dicho, persona a persona.

Ahí apareció ella: la cocinera. Según supo, había puesto pies en polvorosa hacía mucho tiempo, pero ¿adónde había ido? Cuando la enfermedad se desató, pidió que le pagaran su sueldo y desapareció aquel mismo día. La señora Warren no le había pagado la semana entera. Mary era buena cocinera, dijo, muy buena incluso, pero no excepcional.

A ese detalle se aferró el doctor Soper. ¿Quién le había recomendado la cocinera a la señora Warren? La agencia de la señora Stricker, en la calle 26. ¿La señora Stricker? ¿Aquella abominable dama que había querido ofrecer a Mary en alquiler a ciertos caballeros adinerados? Ella misma. Pero la señora Stricker había afirmado no haber visto nunca en persona a la tal señorita Mallon, le había hablado de ella un hombre de mediana edad al que, tras pagarle la comisión habitual, le dio la dirección de la familia.

Soper solo conocía el nombre, nada más. Pero ¿era ese su nombre verdadero? Mi abuelo, Irving Rageet, un buen día que hojeaba el Boston Post, el periódico local más célebre de Estados Unidos, encontró unos anuncios en los que se ofrecía una cocinera: «Experta en cocina americana y europea», siempre para el «área de Nueva York». Era, en todas las ocasiones, el mismo texto, aunque cada vez con un nombre diferente: Elisabeth Brown, June Gardener, Denise Delpire.

XXXVIII

A partir de los apuntes de mi abuelo puedo inferir lo siguiente: él fue el primero que pudo proporcionar a Soper una descripción aproximada y —como se corroboraría más tarde— coincidente, en lo esencial, con la ofrecida por la empleada doméstica del señor Spornberg. Por esa época, Mary solía cambiar de empleo con una prisa casi frenética. Sí, a veces dejaba un puesto a los pocos días. «Encontré siete viviendas aquejadas por la epidemia», informa Soper. «Mamaroneck, en el estado de Nueva York, fue la primera localidad».

Corría el año 1902. Leon Trotski se fugó de una prisión en Siberia Oriental y buscó refugio en Londres; murió Emil Zola; Aby Warburg fundó en Alemania la Biblioteca de Estudios Culturales de Warburg (90 000 volúmenes y un archivo gráfico), y en 1939 consiguió salvarse marchándose a Londres; Valdemar Poulsen inventó el emisor de arco voltaico; R. F. Scott, explorador de la Antártida, descubrió nieve y hielo y reclamó ambas cosas para la corona británica. Rudolf Virchow se despidió de este mundo, un mundo que él mismo le había arruinado de tan mala manera a su genial colega médico, Ignaz Semmelweis. En Alemania se fundó una «sociedad para combatir enfermedades venéreas». Cabe preguntarse por qué no fundaron directamente una sociedad de responsabilidad limitada. Los hermanos Lindauer inventaron, en sustitución del corsé, el sujetador.

Esas líneas las escribí anoche. Bueno, más bien las copié y añadí mis comentarios. Cuando los dolores se hacen demasiado intensos, me pongo a hojear —algo ya muy frecuente— los legajos o las obras de consulta de historia universal y me asombra ver cuántas cosas me he perdido. Y ni hablar de todo lo que aún habré de perderme, gracias a Dios. De modo que sigamos.

¿Qué averiguó Soper en Mamaroneck? Pues que una planchadora había contraído el tifus, pero el médico de cabecera, el doctor R. J. Carlisle, reportó el caso con demasiada tardanza. Una empleada doméstica no es algo tan importante. Por lo visto, varias semanas después a Mary se la vio en Dark Harbor, Maine, en la residencia veraniega de Cole Drayton, un abogado neoyorquino. Era la tercera vez que la joven cocinera se alejaba del estado de Nueva York. Pero en el curso de tres semanas enfermaron siete de los habitantes de la casa. No hubo muertes. Según el señor Coleman Drayton, que no se contagió, Mary Mallon les estuvo ayudando hasta que todos sanaron. Fue preciso pasar varias noches en vela, y ella no tuvo ni un minuto de reposo. Al despedirse (con la excusa de que una pariente suya había enfermado en Manhattan y requería su ayuda), el abogado le pagó el doble del salario mensual convenido, le estrechó la mano y fue corriendo a lavársela, como solían hacer antes casi todas las personas adineradas en la noche de Año Nuevo, cuando deseaban salud y felicidad a los criados. Puede que ese esnobismo le salvara la vida. Así es ella, la vida.

En 1904 (en un momento en que Soper le había perdido otra vez el rastro a Mary) recibió una noticia: un brote de tifus en la familia de Henry Gisley, en Sands Point, Long Island. Esta vez eran once habitantes de la casa, cuatro integrantes de la familia y siete empleados. Una proporción que, en tanto ecuación, resulta redonda desde el punto de vista matemático-social. Porque, de haber sido al revés, ¿qué habrían aportado de perfección al servicio cuatro domésticos por siete miembros de la familia? Soper esperó, obstinado. Las ocasiones en que mi abuelo descubría brotes de nuevas epidemias en la ciudad, los cuales tuvieron lugar justo en el tiempo en que el doctor Soper andaba visitando pueblos y localidades fuera del centro, debieron de irritar muchísimo a este último. Ambos solían jugar al ajedrez con frecuencia, y mi pérfido abuelo, que por el día lidiaba apaciblemente con los gajes de su profesión —asistir en un parto, cerrar para siempre unos ojos con un gesto de la mano—, acostumbraba a concluir algún sofisticado movimiento del caballo o el alfil con un comentario relacionado de algún modo con María Tifoidea, tras lo cual su colega, enfadado, perdía la partida.

Soper consiguió recuperar el rastro de Mary en Hackensack, y fue en noviembre de 1906: una familia distinguida, todos sanos, pero con dos fallecimientos entre el personal de servicio.

XXXIX

Poco después, Soper tuvo noticias de un domicilio situado en la esquina de Park Avenue y la calle 60 donde habían enfermado la lavandera y el hijo de la familia. Fue a visitarlos. Accedió a la vivienda por una entrada lateral y se dirigió a la cocina, donde Mary estaba ocupada con la vajilla. Lo que ocurrió entonces ha de ser para cualquier espectador igual que la escena de una comedia cinematográfica. Soper no escondió nada a la hora de describir su fracaso. ¡En su honor sea dicho!

Con instinto de criatura acosada, Mary agarró la mesa de la cocina con ambas manos y la puso delante de Soper a modo de barricada. Permaneció allí en silencio, al acecho.

—Señorita Mallon —le dijo Soper—. No soy policía. Soy médico, y le ruego que me escuche.

Ella se mantuvo inmóvil, como un felino, y Soper, más tarde, comentaría así lo ocurrido: «Fue una entrevista sumamente peculiar, sobre todo teniendo en cuenta el lugar donde se hizo, la cocina, pero yo actué con la mayor diplomacia posible». Tampoco mi abuelo parece haber creído que a esas alturas fuese posible un comportamiento diplomático. Soper había estado buscándola como a un fantasma sobre el que circulaban chistes en toda la ciudad, en todo el país incluso, mientras que solo él y mi abuelo sabían quién era realmente la tal María Tifoidea. «No pude evitar comunicarle que era sospechosa de ser causante de la enfermedad», escribe Soper; «que no veía otra posibilidad de exonerarla que someterla a un minucioso análisis de orina, heces y sangre». Esa frase bastó. Mary abrió de un tirón un cajón de la mesa de cocina, sacó como un rayo un tenedor de trinchar, empujó hacia un lado, o más bien arrojó con estruendo la mesa y, sin decir palabra, caminó hacia él con la cabeza encorvada, en posición de asalto. «Eludí la resuelta embestida con rapidez, corrí a lo largo del estrecho pasillo, bajé las escaleras y me puse a resguardo en una calle lateral. Me sentía dichoso por haber escapado». Y luego añade, casi con ingenuidad: «Era evidente que Mary no comprendía que mi intención era ayudarla».

El susto de Soper, de ello no cabe duda, acrecentó su temor en proporciones insospechadas. Por fin había encontrado a aquel fantasma perseguido durante años por la ciencia, pero este no era otra cosa que una mujer que había intentado matarlo con un tenedor comúnmente usado para asustar a los niños en los cuentos de hadas. Esa noche volvió a perder una partida frente a su colega Rageet, que ante la supuesta superioridad física de una criatura del sexo femenino se limitó a esbozar una sonrisa de satisfacción.

Acababa de escribir estas últimas líneas cuando recibí desde Boston una llamada de mi hijo Randolph, que, como dije al principio, es también pediatra. Es padre de dos varones, Ronnie y Peter, de cinco y siete años, respectivamente. Un tercero está de camino, y yo espero que sea una niña. Randolph, que tampoco quiere hablar de mi enfermedad, intentó animarme con una historia protagonizada por sus dos chicos. Resulta que estaban jugando con unos Playmobil, unos piratas, cuando se inició entre ambos una feroz discusión. Ronnie, el más pequeño, opinaba que los piratas siempre eran malos, y basaba su criterio en el hecho de que casi todos llevan un parche negro en el ojo, un garfio en lugar de la mano o una pata de palo. Eso era la prueba de su maldad. Peter, que es algo mayor, se enfureció. No todos eran malos, dijo, también había algunos buenos entre ellos. Mis nietos pasaron varios días sin hablarse, y mi hijo Randolph intentó hacer de mediador: en principio, los piratas eran bandidos, les explicó, por lo tanto, eran malos, pero también había algunos buenos y generosos que ayudaban a los pobres. «No se han reconciliado», me contó Randolph, «pero han vuelto a hablarse». Aquello me alegró y me hizo reír. Un abuelo nunca deja de ser abuelo.

Tras un rato de lectura, poco antes de quedarme dormido, recordé la historia de dos célebres reformadores europeos. El asunto giraba en torno a la transustanciación. Uno afirmaba que, con la ceremonia de la consagración, el vino y el pan se transforman realmente en el cuerpo de Cristo; el otro se obstinaba en aseverar que eso tenía un sentido simbólico. «Es así», gritaba uno. «Parece así», bramaba el otro. Y en esos términos se separaron. Una guerra de religión. ¡El combate! ¡Cuánto más sofisticados son mis nietos en los problemas que se plantean, por lo menos en su controversia sobre si un pirata es malo o bueno!

Esa noche dormí bien.

XL

Mary, por supuesto, se apresuró en llegar a la casucha de Water Street, donde Chris Cramer, sin hacerle pregunta alguna, la ayudó a esconder su ropa y sus utensilios de cocina. Después de darle las señas del lugar donde podría encontrarla, Mary, como temiendo que su retrato estuviera expuesto ya en el tablón de anuncios de todas las comisarías, ocultó su cabello y su frente bajo un pañuelo, abrazó a Chris y se marchó de allí a la carrera.

Incitado tal vez por la risa un tanto maliciosa de su colega y compañero de ajedrez, el doctor Soper hizo con él una apuesta: visitaría la vivienda de Mary sin armas ni escolta policial. Sintió cierto temor ante el hombre alto y delgado que le abrió la puerta, un sujeto de mediana edad que miró al visitante con expresión algo soñadora (según la descripción de Soper) y le preguntó si era médico. Lleno de asombro, le preguntó cómo lo sabía. Olía a médico, le respondió Chris, que lo invitó a entrar y espantó a dos gatos que dormían acurrucados sobre una silla. La estancia olía a verduras y orín de gato y estaba muy mal ventilada, y tras haber visto incluso, en un rincón, una rata que, indiferente a la presencia de los felinos, pareció clavar sus ojos en él, Soper sintió miedo. Así y todo, intentó concentrarse.

El anfitrión lo observó en silencio, pero con una mirada no del todo hostil. Por lo visto, era un lector apasionado, comentó el médico después de ver aquel derroche de libros. Chris Cramer asintió y colocó disimuladamente un folleto sobre un despertador y un pequeño rollo de alambre. Sí, Shakespeare, Dickens y Mark Twain eran sus autores favoritos, dijo, contestando a la pregunta de Soper, palabras con las cuales conquistó su corazón al momento. Tras hablar largo rato sobre David Copperfield, el visitante se llenó de valor por fin para preguntar si su interlocutor conocía a una tal Mary Mallon, pregunta a la cual recibió por toda respuesta un mero gesto afirmativo de la cabeza. Soper le habló de su suposición: Mary podía ser la portadora de una enfermedad que no le causaba a ella ningún padecimiento... Con suma cautela, escogió sus palabras: un bacteriólogo alemán había descubierto el fenómeno unos años atrás. No por eso Mary era una criminal, en absoluto. El uso de algunos medicamentos podría ayudarla, o, en el peor de los casos, una insignificante intervención quirúrgica: la vesícula.

Chris Cramer lo interrumpió. Le dijo que regresara dentro de tres días, pero solo, sin la policía. Era una amenaza.

Al cabo de tres días, Soper regresó y obtuvo el compromiso de que Mary lo esperaría allí a las nueve de la mañana en punto. Ni por un momento el médico pensó en darle esta vez a la joven una oportunidad de escapar, cosa que nadie podía tomarle a mal después de aquel otro incidente ridículo. Agentes de policía vestidos de civil empezaron a patrullar el barrio desde las ocho de la mañana, simulando ser inocuos transeúntes. Todo para deleite de un vecindario donde cualquiera era capaz de reconocer a un policía, por mucho que este actuara disfrazado de ladrón o caballero.

A la hora convenida, Soper llamó a la puerta y gritó:

—¡Señorita Mallon! ¡Señorita Mallon! ¡Soy yo, el doctor Soper, un amigo!

Finalmente, entró. Mary se hallaba de pie en el centro de la estancia con los labios apretados y las manos cruzadas a la espalda. El médico no tuvo reparos en repetir la famosa frase con la que una vez un tal Stanley se puso en ridículo en plena jungla delante de un tal Livingstone:

—La señorita Mallon, supongo. —Ella no respondió, pero él prosiguió—: Mary, he venido a hablar con usted. Sé que está convencida de su inocencia, pero pretendo demostrarle que no es usted del todo inocente. Cuando usted va al baño, sus manos se contaminan con gérmenes patógenos alojados en su cuerpo. Y si después, por poner un ejemplo, manipula una lechuga, esos gérmenes patógenos llegan... Bueno, eso en caso de que no se lave las manos, claro...

No logró ir más allá. La timidez le había hecho expresarse de nuevo de un modo erróneo. En todo caso, lo cierto es que la diestra de Mary blandió un cuchillo, esta vez un cuchillo de matarife, y con él empezó a perseguir, con paso lento, al pálido doctor, que empezó a retroceder.

—¡Bicho desvergonzado! ¡Hijo de puta! —dijo Mary entre dientes, abalanzándose sobre él.

Soper sacó entonces el silbato de policía, pero, antes de que tuviera tiempo de llevárselo a los labios, dos individuos irrumpieron en la casucha, redujeron a Mary sin esfuerzo y la arrastraron escaleras abajo. Soper respiró con alivio.

Por segunda vez, el más pobre se quedaba a dos velas. Eso confesó el doctor Soper a su colega durante un rato apacible que pasaron juntos: esos dos hombres no eran policías, sino vecinos de Chris Cramer, siempre tan manso como una palomita, pero listo como una serpiente.

XLI

El doctor George A. Soper se resignó. No porque su curioso cerebro de científico hubiese desfallecido. Sencillamente se hartó de jugar a policías y ladrones, además de que la idea de ser el hazmerreír de los periódicos neoyorquinos no le hacía demasiada gracia. Era evidente que la policía había ocultado a la prensa el último incidente. Pero la derrota había sido demasiado ridícula para los involucrados. Soper envió una carta a la Oficina de Sanidad Pública de la ciudad en la cual informaba de que la persona llamada Mary Mallon entrañaba un «peligro público», y dado que por lo visto en ese departamento también se tenía a Mary por una figura mística, no olvidó hacer mención de ciertas estadísticas, según las cuales durante el año anterior el mal del tifus se había cobrado la vida, en Estados Unidos, de unas veintitrés mil personas, y no podía descartarse la posibilidad de que la tal Mary pudiera provocar, más tarde o más temprano, una gran epidemia en la ciudad de Nueva York. Los funcionarios responsables encargaron a una inspectora de la Oficina de Sanidad Pública, la doctora S. Josephine Baker, que se ocupara del caso de Mary Mallon. ¿Fue temeridad o una ingenua confianza en sí misma lo que impulsó a Mary a regresar a la casucha unas horas después del frustrado intento de arresto?

Ni siquiera se mostró sorprendida cuando la doctora Josephine Baker (ese era su verdadero nombre) se presentó en la casucha y le pidió que se sometiera de forma voluntaria a un estudio. Según el relato de la doctora, el centelleo en los ojos de Mary, su rostro contraído por la ira le dieron a entender que se fuera al diablo. De modo que ese mismo día Baker regresó con una ambulancia y tres agentes del orden. Le habían dado instrucciones estrictas: «¡Tráiganos a Mary Mallon!».

4 de marzo. Mary había desparecido. También Chris Cramer. La doctora Baker no solo hizo que los tres agentes policiales registraran la casucha y revolvieran colchones y camas, también les ordenó que derribaran un armario, como si la fugitiva se hubiera convertido en un ratón. Uno de los vigilantes, incluso, la emprendió a porrazos contra un cesto de ropa, pero sin éxito. Igual de ineficaz fue el registro de las casas vecinas, o mejor dicho, de las casuchas. La doctora Baker estaba ya a punto de suspender la búsqueda cuando uno de los agentes descubrió, al final del corredor de un edificio situado cinco números más allá, un armario cubierto por una cortina de algodón estampado, bloqueado por una barricada de cubos de basura. Allí estaba Mary. Con la agilidad de un gato, saltó sobre los vigilantes que acudían a la carrera, les derribó los cascos a manotazos, chilló y maldijo, dio mordiscos y clavó uñas dondequiera que vio unos ojos. Por aquí un puntapié asestado a una mandíbula, por allá un rodillazo a una hilera de dientes. A uno de los agentes casi le arranca una oreja como si fuese de papel. La sangre cubrió el escenario de la trifulca y cobró aspecto de carnicería. (Veinte años después, uno de los policías agredidos

escribía en sus memorias que una patada a su virilidad le había impedido engendrar el cuarto hijo deseado). Mary luchó y gritó como una cerda a la que le arrancan sus lechones de las tetillas, eran gritos quejumbrosos y lastimeros que resonaron hasta que la amordazaron, le ataron las manos a la espalda y contuvieron el pataleo de sus piernas con unas correas. Aquel no era, como es sabido, un barrio demasiado amante de las fuerzas del orden, así que pronto empezaron a llover botellas y ladrillos desde las ventanas y los tejados. Una prueba, además, de cuánto la quería la gente. Otros vecinos cantaron góspeles y blues. Los niños lloraron.

«Iba a su lado en la ambulancia», relata la doctora Baker, describiendo la experiencia. «Era como estar en una jaula con una leona».

A Mary la encerraron en una celda de paredes encaladas y con rejas —era un hospital, no una prisión: el hospital Williard Paker para enfermedades infecciosas—. ¿Qué querían de ella en aquel sitio? Nada en especial. Le harían analíticas de orina, de heces y de sangre. El médico encargado de atenderla era un hombre delgado y entrado en años que la contempló con ojos indiferentes, como si practicase una vivisección. Las enfermeras la habían liberado de las amarras, la embutieron en una bata de enferma y la ataron a un banquillo de madera bajo el cual había un orinal. Aturdida y desesperada, permaneció dos días sentada en ese trono de la degradación. Padecía estreñimiento. Y cuando por fin el excremento petrificado logró salir de su intestino, se oyó un berrido de dolor.

XLII

Una vez hecha la analítica, trasladaron a Mary al Hospital Riverside en la North Brother Island. No se mostraron inhumanos. Su alojamiento era un chalecito destinado originalmente a una jefa de enfermeras. Se trataba de una estancia con salón, una cocina y un cuarto de baño, con gas para la cocina y electricidad para la bombilla incandescente, todo con vistas a la orilla opuesta del río. Había incluso una iglesia a la vuelta de la esquina. No había rejas, pero por las noches la puerta de la casa se cerraba con llave desde fuera. Soper había puesto a la dirección del hospital al corriente de la pasión que Mary sentía por la cocina, de modo que le llevaron carne y verduras para que se preparase sus propias comidas. Estaba sola, aislada, pero los martes y los viernes una enfermera la acompañaba hasta la biblioteca para que escogiera algunos libros. Cuando los médicos pasaban visita, su única pregunta era cuándo la dejarían marchar. Por lo demás, no contestaba a nada. El doctor Soper intentó varias veces convencerla de que gozaba de un buen estado de salud, lo cual era, justamente, su enfermedad. La respuesta de Mary era siempre la misma: «¡No!». El médico le envió libros, escribió para ella informes inteligibles sobre la extraña variedad de tifus que padecía, pero su respuesta fue siempre: «¡No!».

Cualquier criminal tenía derecho a un abogado. Mary no. Las autoridades judiciales y sanitarias se enredaban una y otra vez sin conseguir llegar a un acuerdo. Las actas y expedientes se cubrieron de una capa de polvo. Las cartas de Chris Cramer estaban llenas de amor, aunque él jamás emplease esa palabra ni le contara nada sobre él. Lo incomprensible para Mary era que nunca le preguntara por su «caso». Pero sabía que él tenía motivos para no hacerlo. Chris le contó que uno de los gatos había muerto bajo la rueda de un carromato; le habló de los nuevos edificios llamados «rascacielos», de la gran cantidad de nieve que había caído, hasta el punto de paralizar el tráfico durante dos días, y a causa de la cual murieron congelados, en los barrios más pobres, centenares de personas. En verano le habló lleno de orgullo de la compra de un nuevo invento: un ventilador eléctrico que hacía más soportables las noches bochornosas. Mary se vio aquejada de insomnio, experimentó lo horrible que eran los sueños en estado de vigilia. Se vio de nuevo a bordo del Leibnitz, velando la agonía de sus padres y sus hermanos, de los que nunca habló, en los que nunca ni siquiera pensó. Tampoco soñó jamás con ellos. De pronto tenía delante a Sean Mallon, el cocinero, un tipo capaz de mover medio metro, de un solo puñetazo, un saco de harina de veinticinco kilos colocado sobre la mesa y hacer que éste cayera al suelo de pie, sin volcarse. En una ocasión uno reventó. La cocina del barco se vio inundada durante unos minutos por una nube blanca, toda una fiesta para Mary, por supuesto. También a veces la sentaba sobre la mesa para manosearla de arriba abajo: amasar la harina, lo llamaba Mallon. Los cuerpos de sus padres y sus hermanos habían sido lanzados por la borda hacía mucho tiempo, sin plegarias ni palabras. Al día siguiente, Mary arrojó al océano su muñeca: para que le hiciera compañía a su hermana menor. El capitán yacía enfermo en su camarote, incapacitado para usar la bandera de señales que anunciase la epidemia a bordo. Mary permaneció un día entero en la cocina, ayudando a Sean Mallon a preparar las comidas de la tripulación. A veces llevaba al sollado platos con algunos restos. El cocinero la nombró hija adoptiva. Te enseñaré a cocinar, le dijo; en Nueva York saldremos de este ataúd flotante. Allí viven bastantes de mis compatriotas, y abriremos un restaurante, tú y yo.

Luego, a los pocos días, su modo de andar se volvió inseguro, empezó a decir palabrotas, en varias ocasiones se cortó mientras trabajaba. Sacudía la cabeza como ahuyentando una sensación de mareo, hasta que se le doblaron las rodillas. Un irlandés nunca se pone de rodillas, solía decirse por entonces. Él, en cambio, cayó primero de rodillas, para, a continuación, desplomarse boca abajo. Los pies pegaron un golpetazo en el suelo. Empezó a echar sangre por la nariz y sus ojos se quedaron inmóviles. Aun en estos instantes, pasados tantos años, aparecía y se sentaba junto al lecho de Mary para consolarla. En ocasiones acudían también algunos niños de su lugar de origen, que le hablaban o le cantaban canciones en su dialecto. Pero entonces los médicos pasaban y le administraban algo para que durmiera. Durante la segunda noche, cayeron bolas de granizo tan grandes como huevos de paloma. Mary, tan espabilada como un mirlo, se puso a contar a toda velocidad, sin pausa, el número de granos que impactaban contra el suelo y el tejado. Estaba convencida de no haber dejado fuera ni uno solo, y de que, por lo tanto, mantenía su plena lucidez. Un día después la visitó en su casita un joven abogado llamado Francis O'Connor. En contra de toda lógica (tanto en relación con los buenos modales como a su estado de salud), el joven le estrechó la mano y le informó de que hasta ese momento ningún otro colega suyo había querido ocuparse de su caso, el especial caso de Mary Mallon. El joven letrado, que no ocultaba en absoluto su ambición, le explicó que su arresto en aquel lugar era inconstitucional, pues nadie había presentado hasta entonces una acusación formal en su contra, de modo que solo contaban con un expediente oficioso.

Dos semanas después Mary declaró ante un tribunal, donde juró que nunca había enfermado de tifus y que, por lo tanto, tampoco podía haber contagiado a nadie. Un médico que, curiosamente, no era Soper, compareció en calidad de perito y aseguró que, a pesar de los juramentos de la imputada, en sus heces se habían detectado bacilos del tifus, razón por la cual él tenía razón, pero el tribunal, según había demostrado el joven abogado, estaba violando la constitución. A pesar de eso, Mary pasó todavía otros tres años de asilamiento, hasta que por fin la Oficina de Sanidad Pública, en un descargo de conciencia, decidió «indultarla». Al menos hasta nuevo aviso, por decirlo de alguna manera. Mary, por su parte, tuvo que comprometerse de manera oficial a no ejercer de cocinera bajo ninguna circunstancia, tampoco de vendedora de alimentos frescos. Tenía, además, la obligación de presentarse cada tres semanas en la Oficina de Sanidad. O'Connor había ganado el pleito. Mary le dio las gracias, fue puesta en libertad y desapareció.

De inmediato rompió su promesa, adoptó infinidad de nombres nuevos, trabajó como ayudante de cocina en restaurantes y hoteles y volvió a buscar empleo más tarde en las residencias de gente bien situada. Lo curioso es que jamás sospecharon de ella. Nunca. Siguió siendo un ser sin rostro para la opinión pública. Había envejecido. De vez en cuando se producían brotes de tifus en una u otra zona, pero los periódicos bromeaban al respecto. Cuando fallecía alguien que no era demasiado apreciado, la gente solía decirse al oído que el difunto o la difunta habían tenido la mala suerte de comer unos huevos revueltos preparados por María Tifoidea. Por momentos el milagroso nombre de María caía en descrédito. En los restaurantes de lujo era una broma habitual arruinarle a alguien la comida diciéndole que la cocinera se llamaba Mary.

En cambio, nadie creía en la existencia de una Mary real.

XLIII

«El mundo no fue especialmente amable con ella», escribe Soper. Un obsequioso comentario, bien lo sabe Dios. Mary pasó un tiempo cambiando su lugar de trabajo tan a menudo como su domicilio, casi siempre alguna de las llamadas loging houses, inhóspitas y sucias pensiones para extranjeros. Chris Cramer, que pasaba la mayor parte del tiempo sentado en su casa, leyendo, apenas se reunía con amigos, y llegó a convertirse en una especie de ermitaño gruñón, pero se mostraba alegre cada vez que Mary lo visitaba. Nunca desperdició una palabra para hablar de la «enfermedad», de la misma manera que jamás hablaba de sí mismo. Le contaba historias sobre los vecinos, le hablaba de los libros y escritores recién descubiertos. En ocasiones pasaba tardes enteras detallándole el contenido de algún libro o leyéndole los pasajes mejor logrados. Sabía narrar tan bien que a menudo Mary se mostraba defraudada cuando, más tarde, leía el libro. Como Chris nunca cocinaba para él y comía muy poco, ella solía prepararle platos que pudieran recalentarse dos o tres veces, casi siempre sopas y potajes. En ningún caso habían acordado que ella, de vez en cuando, le dejara caer unos dólares en el bolsillo de su chaqueta. Él parecía no necesitar dinero, y ella estaba orgullosa de haber apostado por un hombre desprovisto de toda ambición y cuya supuesta inocencia adoraba.

Pero el final se presentó de súbito. Una noche no lo encontró en la casucha. Esperó hasta las dos de la madrugada y apagó el ventilador —único objeto allí, además de la bombilla eléctrica, que recordaba el nuevo siglo. Por la mañana Chris no había regresado aún. Mary lo esperó hasta el mediodía, pero luego, sin titubear, se presentó en la comisaría del barrio. Sabía que no estaba siendo reclamada por la justicia, pero incluso si así hubiera sido, tampoco hubiera vacilado en dar aquel paso. El agente que estaba de guardia tomó nota y le dijo que regresara a primera hora de la tarde. A las tres, Mary oyó la terrible noticia. Chris Cramer se había desplomado en plena calle, su cuerpo estaba en la morgue. Alguien debía ir allí para identificarlo.

«En la ribera del East River, por debajo de la calle 26, hay un imponente edificio gris conocido como el hospital Bellevue», leo y prosigo: «Encima de una puerta baja situada al pie de la escalera de la entrada, hay un cartel con una única palabra grabada en letras doradas: MORGUE».

Mary se enfrascó en una riña de susurros con un empleado por su imposibilidad de probar ningún parentesco con el difunto. Acabó, por lo tanto, dejando caer subrepticiamente diez dólares en la mano del empleado, que hizo un gesto afirmativo, regresó al cabo de media hora y la condujo por un extenso corredor hasta la sala en la cual yacían cinco cadáveres cubiertos por unas sábanas. El hombre levantó la mortaja de uno de los fallecidos y puso al descubierto un torso. Mary negó con la cabeza, no conocía aquella cara, cosa que, evidentemente, molestó al empleado. Sin titubear, retiró los sudarios de los cadáveres restantes y salió. El cuerpo del hombre que reposaba en el medio era aquel en el que Chris Cramer había vivido. Mary cerró los ojos y lo besó en la frente, luego se persignó. Entonces extrajo de su bolso una hoja de papel y la dobló varias veces para poder ocultarla en la mano de su amigo. Deslizó la hoja plegada bajo las plegadas manos, y cubrió de nuevo su cuerpo y el de los demás.

Salió sin que nadie la viera. En la antesala esperaban otras personas.

XLIV

Mary regresó a la casucha de Chris y empezó a guardar sus cosas en cajones y cajas de cartón. ¿Qué hacer con ellas? ¿Adónde enviar los libros que él tanto adoraba? Chris Cramer nunca había vuelto a hablar de su familia. Tampoco Mary. A los pocos amigos de Chris, Mary los conocía solo por el nombre de pila, y en los últimos años él tampoco los mencionó más. El cuerpo de Chris lo llevarían a Potter's Field. Lo pondrían en un montón, junto a otros cuerpos por los que nadie preguntaba, y lo cubrirían con dos docenas de paladas de tierras. Aparte de las cartas de ella, no había allí nada que pudiera dar fe de la existencia de un hombre llamado Chris Cramer, ni documentos oficiales ni carnés. Era como si jamás hubiese vivido en esa ciudad, una vida solo para Mary, para sus ideas y sus libros. Nada más. ¿Nada? Bueno, gracias a su minuciosidad, Mary encontró una carpeta polvorienta y atada, llena de recortes de periódicos, todos con noticias en torno a un suceso que había conmovido a todo el país varios años atrás. Después de leer aquella infinidad de artículos, Mary comprendió que su amigo no había sido solo un excéntrico ni un tipo raro, sino uno de los hombres más buscados de Estados Unidos. Había formado parte de un movimiento anarquista desde los primeros años de la década de 1880. En 1886, en Chicago, tuvo lugar una manifestación del movimiento obrero revolucionario que se inició «de forma pacífica», como suele decirse, pero que acabó con una multitud reunida en el Haymarket, donde se repartieron octavillas del anarquista alemán August Spies. Pero entonces aparecieron policías por todas partes, ciento ochenta en total, y rodearon la plaza. Y de repente alguien lanzó una bomba de fabricación casera justo en medio de uno de esos grupos de agentes del orden. La bomba explotó, mató a un policía e hirió a varios presentes. A dos de los participantes evidentes en ese atentado, Fielden y Schwab, los condenaron a cadena perpetua. Spies, Parsons, Engel y Fischer, los presuntos cabecillas, fueron condenados a muerte y ahorcados. Se sabía que uno había conseguido escapar: la persona que arrojó la bomba, pero sus amigos nunca revelaron su nombre: Chris Cramer.

Mary sintió orgullo y tristeza al mismo tiempo. La soledad de Chris no era el fruto de una elección propia, su melancolía había nacido de sus sentimientos de culpa. La comparecencia de Chris Cramer ante el tribunal habría significado, nada más y nada menos, que la pena de muerte para todos los acusados, incluidos los condenados a cadena perpetua. No fue cobardía. Al final, Chris logró convencer a sus camaradas anarquistas de que continuar sus actividades sería demasiado peligroso para todos. Cabía contar con la tortura, y él no era un héroe, cosa que quedó demostrada con su manera nerviosa y lamentable de lanzar la bomba. En el futuro, haría llegar a la familia del policía asesinado cada dólar del que pudiera prescindir. Todo esto se infería de las anotaciones hechas al margen de los artículos. Mary también encontró una nota garabateada: «O todo individuo es culpable por lo que hace o, a la inversa, cada uno es inocente a pesar de lo que ha hecho. No consigo dirimir ese dilema. Que me perdonen. Fdo.: Chris Cramer».

Mary lloró.

Yo, Howard J. Rageet, doctor en Medicina, quisiera ahora adherirme a esas frases: no estoy a favor ni en contra de la eutanasia. Me pongo de parte del médico que se niega a dar el tiro de gracia, pero estoy, asimismo, de parte del paciente agonizante que pide morir.

Ayer leí en el periódico que, en Europa Occidental, una empresa llamada UNICER HOLDING, con sede en Moerdijk y encargada de la recogida y el depósito de residuos químicos —una labor por la cual cobraba enormes sumas—, trasladó más de 72 000 toneladas de residuos tóxicos, «sin dejar rastro», a unos bosques y los dejó allí abandonados para ahorrarse tiempo y dinero. ¿Cuántas personas, o incluso cuántos niños, tendrán que morir entonces? Son esos los delitos de caballero de unos asesinos de masas. Los tribunales, sin duda, encontrarán circunstancias atenuantes.

Dentro de no muchos años, la pena capital será aplicada de nuevo con tal naturalidad, que ni sus partidarios ni sus detractores tendrán tiempo ya para plantear sus argumentos. Y todo se llevará a cabo sin previa reforma de la Constitución.

Lea me ha llamado hace diez minutos. Se ha interesado por mi estado de salud. Quisiera presentarme este fin de semana al que será su esposo, dijo, y preguntó si era posible. Claro, con mucho gusto, respondí, y quise saber si él también era médico. Sí, me dijo. Di gracias a Dios y Lea rio.

«Buenas noches», dijo. «Buenas noches, *dad*».

Me puse una inyección y estuve todavía un rato delante del televisor, viendo una película de Humphrey Bogart. ¡Otro hijo de médico! ¡Madre mía!

XLV

Hoy me siento mejor. Resulta incluso sorprendente lo bien que me siento. Tal vez sea, dado mi estado, una mala señal.

¿Por qué Mary —a raíz de la muerte de Chris Cramer— trabajó de cocinera en un hospital pediátrico? Ella adoraba a los niños. A veces uno se vuelve contra los seres a los que más quiere por odio a sí mismo. Pero quizá Mary solo quería aportar una prueba, como diciendo: «Vean, trabajé dos meses de cocinera en un hospital infantil y ni un niño enfermó de tifus, ni uno!» (Como médico, me pregunto si tal vez la virulencia de su enfermedad, en su condición de portadora, disminuyó o se debilitó). ¿O acaso intentaba reencontrar a su hijo, un niño de aspecto parecido al de Chris Cramer?

¿Sería una mera venganza? ¿Un malogrado intento de resarcirse? El destino le había enseñado a preservar su sangre fría. Pasados aquellos dos meses, renunció a su empleo en aquel hospital. Nada había ocurrido.

Dos semanas más tarde, aceptó un puesto de cocinera en un hospital para mujeres, y justo dos semanas después, un tal doctor Edward Cragin llamó por teléfono al médico responsable: el doctor George A. Soper. Cragin, ginecólogo en el

Hospital Sloane, le pidió a su colega que se reuniera con él de inmediato. Más de veinte pacientes habían enfermado de tifus. Y creía que cierta mujer de mediana edad era el fantasma conocido con el nombre de María Tifoidea. Las bromas que circulaban entre el personal sanitario habían dado pie a sus sospechas ese mismo día, sobre todo porque la aludida, una cocinera, había reído a carcajadas cuando se habló de María Tifoidea. La sospechosa, que había salido del hospital en ese preciso momento, regresaría hacia última hora de la tarde. ¿Podría George A. Soper identificar la letra de Mary después de tantos años? Él tampoco quería poner en una situación lesiva a esa mujer de talante melancólico, pero muy apreciada por todos. Media hora después, Soper se presentó en el despacho del doctor Cragin y reconoció de inmediato la firma. Se trataba de una carta en la que cierta señora Helen Gordon solicitaba un puesto de cocinera en el hospital. Soper transmitió la voz de alarma a la Oficina de Sanidad y pidió ayuda.

Esa noche, poco después de las ocho, Mary fue detenida en la salida del hospital por tres policías vestidos de civil, que la cubrieron sin preámbulos con unas mantas de fieltro y la metieron en un automóvil. Todo ocurrió en cuestión de pocos segundos. Un par de curiosos se paró a mirar la escena. Pero eso fue todo. Mary no opuso resistencia alguna. La trasladaron, por segunda vez, a North Brother Island, y la recluyeron en el mismo *bungalow* que le habían asignado hacía cinco años o más.

Mary no intentó fugarse en ningún momento. Tampoco esta vez quiso responder a las preguntas. Durante los interrogatorios se dedicaba a observar unas moscas invisibles para los demás. En cierta ocasión se presentó un periodista que le preguntó acerca de su vida sentimental. Ella lo echó de allí, y no solo con palabras. Poco a poco —según un informe del hospital—, fue entrando en razón, regresó incluso al seno de la Iglesia, pero aun tras largas conversaciones con el capellán del centro, se negó a rezar. No podía orar, explicó en una ocasión. Que otros lo hicieran por ella. Finalmente, al cabo de dos años, le permitieron ir a Manhattan cada tres semanas para hacer compras y algunas visitas. Pero en aquella ciudad no había ya nadie a quien pudiera visitar.

Un par de pensamientos antes de que todo se oscurezca... ¿Qué hizo que Mary escogiese el papel de un ángel exterminador? ¿Fue la muerte de Chris Cramer? ¿O fue acaso la soledad, una soledad definitiva de la que ya no había escapatoria, o tal vez una evasión de esa soledad? ¿Quiso vengarse de su propio destino? ¿Qué reflexiones concita en una persona iletrada cobrar conciencia de que causa la muerte y no puede escoger a las víctimas? No puedo imaginar sino una monstruosa indiferencia, una indiferencia que nos embarga a todos por momentos, que irrumpe en nosotros, tal vez, como una última y definitiva epidemia del alma. Un fantasma nos recorre, el fantasma de la desesperanza.

Las tres de la madrugada. No me han despertado los dolores, sino tal vez la mala conciencia que aulló y mostró los dientes en mis sueños, como una jauría de lobos. El fantasma de la desesperanza es *mi* fantasma. No tengo, por lo tanto, derecho a dejarlo en herencia a mis descendientes. Me despertaron también el bullicio y los cantos que retumbaron por todo el edificio, normalmente tan tranquilo y anónimo. Provenían de un piso situado dos o tres plantas más arriba, y a través de las ventanas abiertas puede oírse una canción: «Happy birthday to you, happy birthday to you...». En mi sueño sonaba como una burla.

Cuando murió mi esposa, guardé luto por ella, me sentía desesperado, a pesar de que nunca la amé. Y tengo claro que, con este comentario, apenas vulnero el secreto profesional. Lo que hago es confesarme.

Mañana intentaré describir los motivos de Mary Mallon. Pero no, no se trata de los motivos. No hay motivo alguno. Pero tal vez todavía me sirva de ayuda mi capacidad imaginativa.

Mi imaginación se apaga. Ya no la necesito.

«Yo, Lea Sandra Rageet, pongo fin a estos apuntes sobre Mary Mallon, alias María Tifoidea. Mi padre se despidió de la vida hace ocho días. Un desenlace que él mismo escogió. Por las notas encontradas en una pequeña carpeta que yacía junto al manuscrito, es posible aún hacer un resumen de unas pocas líneas: la caligrafía clara y segura de mi padre fue disgregándose visiblemente en las últimas páginas. Algunas letras aisladas eran semejantes a viñetas grabadas a cincel, pero existe un apunte inequívoco, subrayado en rojo, que remite una vez más a la agenda de mi bisabuelo. Me he puesto a hojearla, y para mi asombro, he encontrado en ella varias descripciones de sus visitas a Mary. Al contrario de lo ocurrido con el doctor George Soper, al que nunca perdonó, Mary parecía entenderse muy bien con mi bisabuelo, y todo se debió tal vez, sobre todo, a que la familia Rageet era oriunda de la misma localidad de Los Grisones donde ella había nacido. A medida que fue cumpliendo años, Mary solo insistía en lo de la paternidad del irlandés Sean Mallon con palabras irónicas. Se había convertido, ya en la vejez, en una mujer «alegre y devota», escribe el bisabuelo Rageet,

y recordaba con asombrosa exactitud los detalles de su más tierna infancia. Se acordaba, por ejemplo, del párroco de su pueblo, de nombre Fopp, la persona que puso en manos de Caduff, el empobrecido campesino y padre de familia, una ridícula suma de dinero, una especie de anticipo para que pudiera emigrar. Un gesto de pura hipocresía. Querían deshacerse de la familia entera por miedo a que el ayuntamiento tuviese que hacerse cargo de sus miembros.

Pero Mary, que más tarde definiría su vida como un «incidente ya concluido», hubo de padecer todavía un dolor que a mí misma, aun siendo médico, se me antoja calificar de diabólico. Una noche de verano de 1930, una enfermera la encontró tumbada en el suelo de su pequeña vivienda. (Otros pacientes acudían a visitarla con frecuencia y se marchaban cuando Mary se disponía a ingerir sus alimentos). Yacía casi inmóvil, con un párpado entreabierto y los brazos y las piernas extendidos. Le diagnosticaron un derrame cerebral: a partir de entonces solo consiguió emitir balbuceos y hasta fue necesario suministrarle las comidas. Vivió en tales condiciones por espacio de ocho largos años. Falleció el día 11 de noviembre de 1938 y —como ya contó mi padre al principio del libro— la trasladaron ese mismo día al cementerio y le dieron sepultura. A la mañana siguiente se celebró un funeral en la iglesia católica romana de St. Luke, en la calle 138 del Bronx. Nueve personas se arrodillaron en los bancos delanteros y oraron por ella, pero ninguna reveló su identidad al sacerdote. Tampoco nadie pareció mostrar interés por reclamar sus modestas posesiones, unos platos de latón y unos candelabros de plata, ni su dinero, consistente, después de todo, en unos cuantos cientos de dólares.

Fdo: Lea S. Rageet, otoño de 1981, Boston.

PD: Entre los apuntes de mi padre encontré un «documento» amarillento, manoseado y firmado por Mary: al parecer, un regalo de la tantas veces citada señora Julia Seeley, aquella amable dueña de una agencia de empleo que, por lo visto, fue a visitar a Mary de vez en cuando, antes de que esta sufriera el derrame. Es probable que Mary se lo regalase a mi bisabuelo. Helo aquí:

Mr. W. K. Vanderbilt

MENU

Huitres

Potages

Consommé Rachel — Bisque d'écrevisses

Hors-d'Œuvre

Timbales Napolitaines

Relèves

Escalopes de bass, Henri IV — Pommes de terre surprise

Selle de Mouton Salvandi

Entrées

Caisses de filets de poulet Grammont

Choux de Bruxelles — Petits pois à l'Anglaise

Saute de filets de grouses Tyrolienne

Celeri au jus

***

Sobert Aya Pana

Rôts

Canvas-back duck — Cailles trufflées

Salade de Laitue

Entremets sucre

Pouding à la Humboldt

Gelée d'Orange Orientale — Gaufres à la crème

Blanc manger rubane — Charlotte Victoria

Glaces fruits en surprise — Delicious Imperiale

La inocencia de un ángel exterminador

José Aníbal Campos

Cuando en 1961 Jürg Federspiel hizo su inesperada irrupción en la escena literaria, la literatura en lengua alemana se hallaba de nuevo, al decir de Dieter Fringeli, lastrada por la hipoteca de la seriedad («una seriedad bestial», como diría George Grosz). Había vuelto a seguir unas sendas que la hacían «pesada y enigmática, inalcanzable; es decir: iba camino de convertirse en "poesía sublime", asunto para eruditos».

Federspiel, en cambio, se presentaba ante el mundillo literario con «recortes», trocitos de historias que parecían sacados de la prensa diaria, destinos no demasiado aptos para traspasar el umbral de los parnasos. Su tarjeta de presentación, en sus propias palabras, era «la monstruosidad de lo pequeño, del microcosmos», el intento por crear conciencia de la «azarosa contingencia del ser humano». Con su debut, un libro titulado *Orangen und Tode* [Naranjas y muertes], el autor suizo daba cuenta, en ocho relatos, de varios destinos adocenados, gente común y corriente cuyas vidas dan un vuelco tras algún suceso tan cotidiano como insólito e inesperado: las peripecias de un soldado desertor de la *Wehrmacht* oculto en un pueblo francés, al que una lugareña avisa de la ausencia de peligro mediante un sencillo sistema de señales —colocar o retirar unas naranjas del alféizar de su ventana—, o la historia de un sepelio en el que una ráfaga de viento levanta las faldas a las damas del cortejo y cambia la vida de la pequeña de la familia. Narraciones escritas entre 1960-1961 y que, leídas hoy, parecen un antecedente literario del que quizá sea el mayor éxito del cine francés en el nuevo milenio: *Le fabuleux destin d'Amélie Poulain*.

A finales de la década de 1960, a raíz del éxito de ese primer libro, Federspiel emprende un viaje a Nueva York que estaba originalmente planeado para que durara tres meses y acabaría convirtiéndose en una estancia de dos años. De ella surge el que tal vez sea su libro más asombroso e inclasificable: *Museum des Hasses* [Museo del odio] (1969), un compendio de historias que dinamita toda frontera entre géneros, donde se mezclan el ensayo breve, la *short story*, el poema de ocasión, el diálogo teatral o la crónica de sucesos, dando lugar al retrato colectivo de una metrópoli que encarna para el autor no sólo el fascinante símbolo de toda nuestra civilización, sino también el horror mismo. Esa historia polifónica (y polimorfa) se inicia en el cementerio de *Upper Montclair*, en Nueva Jersey, con una larga enumeración de nombres (los de los muertos), cuyo hacinamiento en espacio tan reducido constituye, para él, el primer «motivo para la euforia». A lo lejos puede verse el *skyline* de Manhattan, y a partir de ese momento el propio narrador dice transformarse de repente en «una bola de billar» que echa a rodar. El viaje en taxi hasta el *downtown* nos ofrece una primera y elocuente instantánea de la galería de personajes que Federspiel desplegará ante nosotros a lo largo de unas 230 páginas: «[A]l taxista, que no es labriego, pero sí descendiente de labriegos —"rusos", me dice—, se le notan, en efecto, los surcos arados en la nuca». La imagen de Nueva York como un museo gigantesco da lugar a una brillante y sarcástica reflexión que, a oídos nuestros, habitantes de la segunda década del siglo XXI, parece estar hablándonos de nuestra «cultura» del victimismo grupal, en medio de la cual brotan como setas los gremios de afectados por algo:

En una auténtica democracia cada uno debería tener derecho a su museo; los recursos del Estado deberían ayudar a que cualquiera se inmortalice cuando todavía vive. Claro que ese museo personal (en tanto que exige recursos estatales) debería tener cierto valor para la colectividad: un Museo de la Impotencia, por ejemplo, un Museo del Reumatismo, un Museo de Pianistas no Reconocidos, un Museo de los Tuertos, un Museo de los Hastiados de Vivir, un Museo de los Caídos en Accidentes de Tráfico, un Museo de Psiquiatras con Éxito, otro para Tartamudos.

O un párrafo más adelante:

Ayer amenazaron con ir a la huelga los 1000 conductores de coches fúnebres de la ciudad. Hace un par de años fueron los vivos los que se declararon en huelga contra los muertos: los sepultureros. En una gran urbe puede verse bien la sabiduría urbanística de Arquímedes. Cada vez que encuentra el punto sobre el que apoyarse, levanta de sus junturas a toda una ciudad.

Basten esos dos breves ejemplos para dar una idea de lo que vamos a encontrar los lectores en ese divertido y grotesco «museo del odio» en el que Jürg Federspiel convierte a la ciudad de Nueva York. De la estancia en esa urbe se derivaron también otros libros: *Die beste Stadt für Blinde* [La mejor ciudad para ciegos], *Wahn und Müll* [Delirio y basura] o *Stimmen in der Subway* [Voces en el metro], pero el más célebre y exitoso de todos ellos es este que ahora presentamos al lector de habla española: *La balada de María Tifoidea* (1982). Federspiel echa mano aquí de un personaje real llamado Mary Mallon, al que convierte en la figura literaria de Maria Caduff, una cocinera originaria de Los Grisones que es portadora del bacilo del tifus (aunque ella misma nunca enferma) y malvive en Nueva York, pasando de un trabajo doméstico a otro y provocando la muerte de casi todos sus empleadores.

El personaje real, la irlandesa Mary Mallon, es conocida como la primera paciente asintomática de la historia de la medicina y, tras ser detectada, pasó varias décadas en cuarentena permanente. El éxito del libro fue entonces rotundo y le valió a su autor una entusiasta crítica en el semanario alemán *Der Spiegel* que reproducimos aquí en parte, ya que señala algunos de los aspectos, a mi juicio, más relevantes de las estrategias seguidas por el suizo:

> *La balada de María Tifoidea* tiene lugar en los buenos viejos tiempos, o más exactamente, en el siglo XIX, que nosotros, los contemporáneos, hemos perdido de vista porque un velo de lágrimas de nostalgia nos enturbia la mirada. Es una historia que se desarrolla en el ambiente de los emigrantes que partieron de Alemania o de Suiza rumbo a América, donde intentaron encontrar riqueza y libertad. La protagonista, que llega al país de las posibilidades ilimitadas en un barco infectado junto con otros inmigrantes, es también una pequeña nínfula, una precursora y pariente de *Alicia en el país de las maravillas* que despierta los prohibidos apetitos de hombres hechos y derechos, casi todos

personajes notables. En fin: el patrón nostálgico para el éxito parece perfecto.

Pero el autor suizo se ha servido de ese marco pseudoromántico para exorcizarnos de toda visión romántica del pasado. La Nueva York a la que arriba su Lolita suiza es una ciudad inmunda en la que el aire está tan contaminado como lo está hoy, en la que los hombres respetables son unos tunantes pervertidos y las damas unas malvadas tacañas; sólo encuentra trabajo el que se prostituye, y sólo consigue dinero el que roba. Y ni siquiera.

Pero, sobre todo, hacen estragos allí las enfermedades luego erradicadas por la medicina moderna, y Mary, la heroína, es su portadora más exitosa, en la medida en que, a veces en el papel de amante, otras veces como cocinera, aniquila a familias enteras, como una especie de ángel exterminador cuyas armas son las bacterias de la fiebre tifoidea. Este libro tiene a veces la comicidad de una *slapstick comedy*. [...]

Der Spiegel, núm. 14, 5 de abril de 1982, p. 231.

Algo, sin embargo, apuntaba esa crítica que de pronto ha perdido toda vigencia para nosotros, los lectores de hoy. Hacia el final de la nota, se decía que la historia de Maria Caduff se narraba desde una perspectiva actual y segura (la de los años ochenta del pasado siglo XX), en la que nuestra salud se hallaba a resguardo de cualquier riesgo. En estos tiempos de pandemia, el comentario del crítico alemán solo podría, si acaso, arrancarnos una sonrisa tan sarcástica como la propia risita de Mary, uno de los *leitmotiv* en el relato de Federspiel.

La incertidumbre de hoy hace que leamos esta joya literaria con nuevos ojos. Todos esos temas que nos horrorizan o preocupan en esta época (migraciones masivas, abuso infantil, prostitución, desigualdad, neo-esclavismo globalizado, pobreza y precariedad, feminismo y enfermedad) se condensan en esta historia magistralmente narrada. La figura de Mary parece ser el blanco de todos esos males. Su única arma de defensa es, al mismo tiempo, su condena. Solo la salva el instinto con el que esta condenada lucha por reivindicar su inocencia, aún más allá de todo desencanto.

La presentación de esta nueva traducción de *La balada de María Tifoidea* [existía una versión argentina hoy descatalogada, publicada bajo el título de *La balada de Mary* en Javier Vergara Editor (1988)] es el primer ejemplo de un programa de rescate de autores suizos olvidados que he emprendido junto con mi colega y amigo, el poeta y traductor suizo Markus Hediger. Ambos agradecemos a Eva Moll de Alba, editora de Vegueta, la magnífica acogida que ha deparado a nuestra propuesta.

Viena, octubre de 2020.